美又美追凶記

釉子酒 著

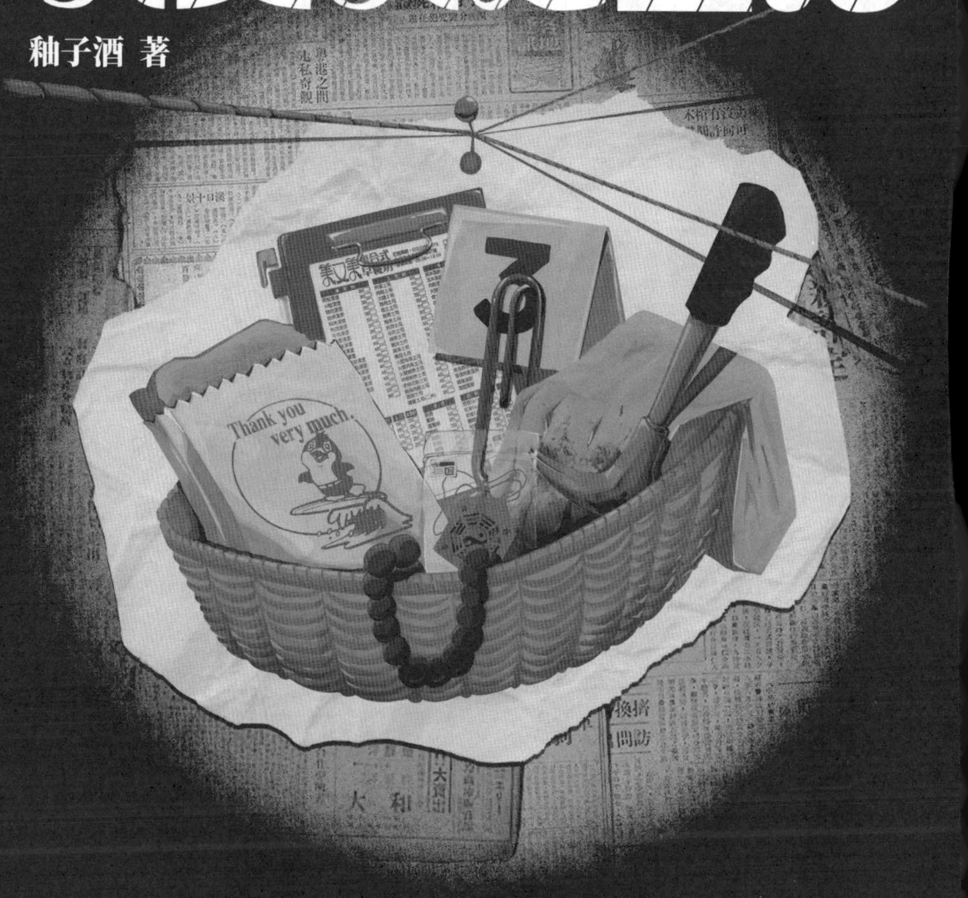

目次
CONTENTS

第一章

早上七點半，掛著橘紅色大招牌的美又美早餐店人聲鼎沸，工讀生忙得恨不得有三頭六臂，好應付絡繹不絕的客人。

這個時段的客人主要分作兩種，一種是穿西裝、套裝的，另一種是以輕便休閒裝扮為主，氣質也更為青澀一些。前一類人大都點黑咖啡或拿鐵，後一類人對飲料的選擇雖然五花八門，但最熱門的還是大冰奶。

店裡放著廣播節目，極受歡迎的女歌手正以著獨特的唱腔唱著「你還是要幸福，你千萬不要再招惹別人哭……」。

個子高瘦、留著小鬍子的老闆迅速環視一眼內用的客人數量，一邊估算上餐速度，一邊俐落地替外帶的人點單結帳，「先生是大冰奶加火腿蛋餅，蛋餅不要切要辣，蔥少一點，總共六十元。小姐是中杯可樂去冰跟總匯三明治，不要抹沙拉也不要小黃瓜，收您一百元，找您三十元。同學你是中冰紅跟巧克力草莓豬肉滿福堡對吧？」

即使說著別人聽起來都覺得獵奇的菜色，老闆還是面不改色，甚至還能順口稱讚一句「真是有創意的組合」。

將一連串的餐點快速地在腦海過了一遍後，他就將工作分派給兩位工讀生，手裡的動作毫不停歇，時不時還要抽空去接電話訂單。

「小花，一桌跟三桌的飲料先上。」

「藍藍，我這裡還少兩塊漢堡肉。」

「好的，明明。」

「知、知道了，岳哥。」

小花跟藍藍手忙腳亂地依著指示倒飲料、煎東西，就怕動作太慢會讓店裡大塞車。因為店裡實在太忙了，所以被喊作「明明」的岳景明也只是睨了小花一眼，又很快把注意力放回客人身上。

在他精準的掌控下，外帶跟內用都順利出餐，沒有一份落下。

等到九點多過後，客人不再是一口氣湧上來，而是三三兩兩地上門，兵荒馬亂的緊張氣氛總算可以舒緩下來了，先前一直緊繃神經的小花與藍藍更是露骨地鬆了口氣。

「終於……解脫一半了。」綁著馬尾的藍藍將煎臺的火轉為小火，吁了口氣地敲敲僵硬的肩膀。

「真是累死我了。」捲髮俏麗的小花摘下頭巾，拿在頰邊搧了搧，「我最怕七、八點這個時間了，簡直跟打戰似的。」

藍藍心有戚戚焉，「真、真的，上班族跟大學生好像大爆炸一樣，一口氣來那麼多客人，岳哥居然可以把他們點的餐都記下來，好、好厲害。」

小花替自己跟她各倒了杯冰紅茶，仰頭灌了一大口，咂咂嘴，「明明太強了，我光是負責出飲料就覺得要忙不過來了，他還包了結帳、出餐跟櫃檯工作耶。」

「都說過幾百次了，叫哥，不然我還寧可妳們直接叫我老闆。」岳景明抱著東西從儲藏室走出來，眉梢微微一挑，嘴裡說著嫌棄的話，但表情並沒有多嚴肅。

他長得高高瘦瘦，眼睛偏細，嘴唇上蓄著小鬍子，增添了幾分帥氣不羈感。不過一揚起嘴角笑咪咪地招呼人時，又很容易讓人倍感親切，附近的婆婆媽媽都很喜歡他，也因此小花才會仗著他的好脾氣，肆無忌憚地替他取了暱稱。

「哎唷，明明比較好聽嘛。」小花笑嘻嘻地說。

岳景明睨了她一眼，「午餐自己做啊。」

「不要啦，岳哥你煮的員工餐比較好吃，我不想再吃蛋餅了。」小花忙不迭從善如流地改了稱呼。

藍藍也一個勁點頭附和，「我、我也不想吃蛋餅。岳哥，冰箱裡放了一盒咖哩，中午是吃咖哩飯嗎？」

「知道就好。」岳景明哼了聲。

「岳哥你最辛苦了，來，喝杯紅茶退退火。」小花倒了一杯紅茶遞過去。

或許是因為冰塊在杯子外層凝出水珠，岳景明接過杯子時只覺得手一滑，下一秒杯子墜落在地，發出清脆的碎裂聲，紅褐色的液體四濺開來。

沒想到他不只失手打破杯子，在清理碎片時又被割了一道小口子，豔紅的血珠子看得兩名女生哇哇叫，趕緊拿 OK 繃替他貼上。

這個小插曲並沒有被岳景明放在心上，他瞥見隔壁的機車行老闆正走過來，對兩人努努嘴，「交給妳們了。」

藍藍連忙站回煎臺前，豎起耳朵等待餐點。

小花也趕緊把頭巾紮回去，對著機車行老闆漾起一個大大的笑臉，「王叔早安，今天要點什麼？」

「跟昨天一樣的好了。」王叔找了個位置坐下。

小花迷茫了下。昨天？昨天王叔點了什麼？王叔每天點的菜色幾乎都不一樣。她求救的眼神忍不住飄向老闆。

「蘿蔔糕加蛋，醬油就好，還有大杯冰豆漿。對吧？」岳景明跟王叔打了招呼。

「哈哈，你記得真清楚。」王叔朝他比了個大姆指。

「王叔交關我們店這麼久了，我當然要記得。」岳景明笑咪咪地說。

小花真是佩服他的記憶力。

她一邊聽著岳景明跟王叔聊著天，一邊往門口看去，注意到有幾個大學生有說有笑地走過來。她一眼認出是自己班上同學，當仁不讓地再次挺身要負責點餐，沒想到卻被打槍。

「叫岳哥來點啦。」為首的男大生朝她擺擺手。

「齁，美少女替你們點不好嗎？」小花噘著嘴，但還是朝一旁喊道：「明明，有人要點你的檯。」

岳景明沒好氣敲了她頭頂一記，不過轉向幾個大學生時，臉上已經掛起了笑，「你們要點什麼？」

「我們要……」幾個人看著牆上的菜單，劈里啪啦地唸了一串，數量之多足以知曉他們旺盛的食欲。

小花聽得咂舌不已，其中還有不少是同學們自創的創意菜色，擺明了就是要考驗老闆的記憶力。

其中一人瞧著岳景景只是「嗯嗯嗯」地應下，沒有拿起紙筆，忍不住問道：「老闆，不寫下來沒關係嗎？這麼多你記得住嗎？」

「記了。」岳景明用食指比了比腦袋，轉頭就吩咐起小花與藍藍。

三人合作無間，在岳景明的指揮下，沒有花費太久時間就所有的餐點都送到桌上。

岳景明接受客人點菜從不寫單，已經成為這間美又美的特色。客人們熱衷考驗他的記憶力，然後再比看看誰能難倒他。有時候因為配料組合太詭異，反而催生出人氣頗高的創意餐點。

接下來上門的客人大都是附近鄰居大嬸，通常是懶得煮，就乾脆來店裡吃，順道還可以聚在一起聊聊天促進感情；而岳景明都會毫無違和感地坐在她們之間，東聊一句，西扯一句，聊得賓主盡歡，順道收獲不少八卦。

中午時分，早餐店的鐵捲門拉下三分之一，小花與藍藍開始收拾店內、清洗用具。岳景明在清點食材時不小心弄碎了雞蛋，黏糊糊的蛋液沾了滿手；去洗手時，又意外被小花洗碗的泡沫濺到眼睛，扎得他眼淚直流；打電話給廠商時，電話另一端傳來施工聲音，導致岳景明必須提高音量跟廠商大小聲，才能順利叫完貨。

他喊得喉嚨有些乾，倒了杯水，結果喝沒幾口竟然嗆到，彎著腰咳得撕心裂肺，藍藍趕緊跑過來替他拍背。

「明明，你今天好像……有點衰耶。」小花投以同情的目光。

岳景明咳了半晌終於緩過氣，沒好氣地說，「妳可以肯定一點，把『好像』拿掉。」雖然都只是一些芝麻蒜皮的小事，但疊加在一起還是會讓人煩躁。

接下來不管是喝水還是做其他雜事，岳景明都謹慎多了，就連準備員工餐時也是小心翼翼，就怕被熱湯汁噴到。

很快的，咖哩香氣盈滿了整個室內。小花吸吸鼻子，要被這味道饞死了。藍藍更是加快打掃速度，巴不得下一秒就能坐下來大快朵頤一番。

岳景明盛了兩盤白飯，淋上濃稠的咖哩醬，又弄了一大碗青翠欲滴的生菜沙拉，端到桌上給兩位望眼欲穿的工讀生。

「開動！」藍藍與小花歡呼一聲，迫不及待地拿起湯匙舀了一大口熱呼呼的咖哩飯放進嘴裡，下一秒兩人同時露出陶醉的神色。

只是她們雖然被咖哩的香氣勾得食指大動，但吃飯速度卻是逐漸地慢了下來。

「妳們一點不是有課，還不快吃。」岳景明催促道。

「明明你不也是還沒吃，是不是在等封大哥呀？」小花滿是期待地問。

岳景明又想翻白眼了，「連晨可是我學弟，叫他就是封大哥，叫我就是明明，像話嗎？」

「哎唷，岳哥不要那麼計較嘛。」小花從善如流地改了稱呼，「封大哥今天會來嗎？我們需要看帥哥養眼睛。」

「不是、不是說岳哥你不帥。」藍藍忙不迭補充，「只是封大哥太、太、太帥了。」

「而且還很溫柔耶。」小花一臉憧憬地說，「簡直是漫畫裡走出來的王子。要不是我有男朋友了，我都想主動出擊了。」

岳景明嘴角隱晦地抽了抽，還是壓下想潑她們冷水的衝動。有夢最美，就讓她們繼續對那小子抱持美好想像吧。

「岳哥，你可以問、問一下封大哥什麼時候來嗎？」

「好歹讓我們上課前看到一眼，這樣我今天就值了。」

在兩人彷彿閃爍著星星的眼神注視下，再加上封連晨至今還沒有出現，已經比平常他過來的時間晚了，岳景明打算打電話問問。

堅固又沉重的巴掌大圓角矩形手機才剛拿出來，鈴聲卻先一步地響了起來。

單色螢幕上顯示出來電者：媽。

岳景明疑惑了下，但還是趕緊按下按鍵，接起電話，「喂，媽。」

「阿明……」手機另一端的母親語帶哽咽地喚著他。

「媽，媽，妳還好嗎？出什麼事了？」岳景明緊張追問。

「我、我沒事。」岳母抽泣一聲，斷斷續續地說道：「是怡琳她……」

「她怎麼了？」一股不安漫上岳景明的心頭。

「怡琳她……自殺了……」岳母好不容易才說完一句話。

「妳說什麼？」岳景明整個人呆住了，握著手機的手指攥得緊緊，指關節都發白了。他的喉嚨裡像是有個腫塊，堵得他的聲音出不來。

「我也是今天才知道的。我跟你爸已經先到東海殯儀館了，老許晚點進來。你有空的話就過來一趟吧。」

岳景明大腦一片空白，手機裡傳出母親的詢問聲。

「阿明，阿明，你有聽到嗎？」

岳景明嘴裡發乾，嚥了嚥口水，才終於擠出聲音，「我聽到了，我等等就過去。」

直到岳母掛斷電話，岳景明還維持著手機貼在耳邊的動作，半晌回不過神來。他的神色太僵硬可怕，讓小花與藍藍聊天的聲音越來越小，不敢再嘻嘻哈哈。

「岳、岳哥。」藍藍小心翼翼問道，「你還好嗎？發生什麼事了？」

岳景明說不出「我沒事」，他扯出一個安撫的弧度，卻不知道那抹笑看起來就像是要哭了一樣。他用力地吸了口氣，沒有再看她們，從櫃檯下面拿出包包，快速交代。

「我有事先離開，連晨沒來的話就別管他了，直接關門去上課。」

他的語氣不復往昔的輕鬆調笑，緊繃得彷彿下一秒會斷裂。匆匆拋下話之後，岳景明頭也不回地離開了，大步走向他停車的地方。

解鎖，打開車門，繫上安全帶，發動引擎，他麻木地做著這一切，腦海裡都是母親的那句話。

「怡琳她……她自殺了……」

自殺？誰？許怡琳那樣的人，怎麼可能會自殺？

岳景明上次與許怡琳見面，已經是三個多月前的事了。他還記得對方神采奕奕的表情，說想要重拾畫筆，參加同人誌活動。

「妳居然想出本了？確定不是空氣新刊嗎？」

「這次不一樣，這次我肯定能出本的，師父都說我沒問題的！」

「哪個師父，妳在網路上是拜了哪個大手為師嗎？」

「嘿嘿，我之後再告訴你。總之先約好了，你到時可得來當我的助手，幫我上線、貼網點。」

「是是是。」

岳景明當時一口答應下來，卻沒想到再得知她的消息時，竟是天人永隔。

岳景明緊緊抿著唇，努力讓自己的注意力集中在前方路況上，思緒卻始終控制不了地飄向許怡琳。

許怡琳比他大三歲，就住在他老家隔壁，個性豪爽自來熟，是社區裡的孩子王。岳景明從小就跟在她後面跑，說好聽一點是青梅竹馬，說直白一點就是小跟班。當初兩家父母還打趣乾脆把他們湊作堆算了，親上加親。

許怡琳大三時，岳景明考上了她的學校，當時身為漫研社社長的她立即把人拐進社團裡。因為兩人交情太好，還一度傳出他們在交往的流言，許怡琳聽了只是哈哈一笑，說她對年紀小的沒興趣，沒有把這件事放在心上。

許怡琳畢業後，時不時仍會回學校看看社團學弟妹，與岳景明吃頓飯，聊聊彼此近況。這種固定聚會一直持續到她結婚，岳景明投身在早餐店之後才逐漸減少。

但每次見面時，她總是笑嘻嘻的。

那樣開朗的人，怎麼會一聲不吭地就自殺了？

她明明說過最看不起靠死亡逃避現實、扔下親友、一走了之的人了。

岳景明腦子發漲，太陽穴突突跳動，遲遲無法消化這個事實。他看著馬路，看著紅綠燈，努力不讓自己將油門踩到底。

許怡琳以前叨唸過他好幾次，「注意安全，不要超速。你這人啊，在車少的路段上老是會下意識開快車。」

從市區到東海殯儀館約莫十幾分鐘，這裡地處偏僻，周邊有不少雜木與鐵皮屋林立。那些鐵皮屋大都是禮儀社，住家不多，導致這附近縈繞著一股蕭瑟寂涼感。岳景明停好車，依著指示牌前往靈位C區，按著數字尋找。

但很快的，他就不再盯著數字了，因為他看到頹然坐在椅上的兩位老人家，以及在旁邊與他們說著話的自家雙親。

「阿姨，叔叔。」岳景明澀聲打著招呼，「節哀順變」四個字卡在喉嚨裡。白髮人送黑髮人，要如何節哀？如何順變？

許怡琳的母親起身拿香給他，她委頓的樣子看起來像是蒼老了數十歲。

岳景明接過香，親眼看到牌位與遺照時，眼眶瞬地就被心底湧上的酸意薰紅了。他咬著牙關、繃緊下頷。照片裡的許怡琳笑得爽朗又明媚，意氣風發，彷彿天下沒有什麼可以難倒她的事。

偏偏這樣的人，卻選擇先走一步。

岳景明木然地上完香，坐下來陪著許家父母一起折蓮花、元寶。他有太多的疑問想問了，但看著兩個老人家哀悽的神色又開不了這個口，像是在傷口上灑鹽。

一朵朵蓮花在手中成形，岳景明時不時抬頭看著前方的遺照，又苦又澀的心情不斷噬咬著他。鼻間是濃厚的線香味，耳邊是毫不停歇的誦經聲，他的頭又在隱隱作疼了，甚至有種快要喘不過氣的感覺。

「阿明啊，這給你喝。」許母拿了一罐飲料給他。

岳景明低聲道謝，許母則是怔怔地盯著他半晌，忽然感慨道：「這麼久沒見，阿明是越來越帥了。我們家琳琳真是沒眼光，放著你不嫁，偏偏去嫁……」

「好了。」許父低聲制止、「妳現在提這個做什麼，提了琳琳就會回來嗎？」

「我沒辦法啊，我總是忍不住想，如果琳琳是跟阿明在一起，她是不是就會……」許母乾癟的嘴唇顫了顫。

成為話題主角的岳景明心情又苦又酸又澀，他捏緊蓮花紙，看見許母猝不及防捂住臉，嗚嗚咽咽地哭起來。

「我的女兒啊，我的寶貝琳琳……妳怎麼會說走就走……妳要媽怎麼辦啊，妳就這樣留下我們了……」

「阿芳妳不要這樣啦。」岳母趕緊邊拍她的背邊安撫，但說到後來自己也忍不住滴了眼淚。

許父紅著眼圈，低下頭折紙蓮花，手指顫抖，時不時會停下來，然後抬頭看一眼前方。岳景明的父親也在一旁幫著折元寶，手邊的蓮花紙一張張地減少。

誦經聲與壓抑的哭聲迴響在靈堂裡，許父突然抬起頭看向岳景明。

「阿明，之前怡琳有跟你提過什麼嗎？」

岳景明僵硬地搖搖頭。他與許怡琳久久見一次，三個月前吃的那頓飯還是今年內的第一次相聚。平常兩人就只會在臉書或 MSN 聊上幾句，許怡琳總會關切一下早餐店的生意如何，而只要他也問起她的情況，她總是會回應一句「還不錯啊」。

於是岳景明就真的認為她過得還不錯了。

「這樣啊……」許父渾濁的眼有水光閃過，他嘆息一聲，低頭繼續折起蓮花，嘴裡喃喃，「阿琳真是傻，為什麼要做出這種傻事……她不知道這樣是會背業障的嗎？會無法好好投胎的……不行……我得多折一點蓮花給她，幫她消業障才可以……」

他越說越哽咽，頭垂得更低了，但是岳景明注意到他手裡的蓮花紙上有濕意暈染開。悲傷的氣氛壓得岳景明有些喘不過氣，他深呼吸一口，從椅子上站起來。

「抱歉，我去上個廁所。」

他從許怡琳的靈堂前離開，卻不是依著標示走向廁所，而是走到靈位區外頭。天空蔚藍，白雲如絮，陽光燦爛，皮膚被晒得有些發燙了，可是岳景明的心頭卻覆著一片陰霾。

他摸摸口袋，沒找到菸，這才想起他有好一陣子沒抽了，又走到停車場，從自己車上找到一個皺巴巴的菸盒與打火機。

他靠著車門，點燃香菸放進嘴裡狠狠吸了一大口，仰起頭，睜著發紅的眼睛盯著如洗天空，好似這樣做就能壓下鼻頭的酸澀。

有腳步聲漸漸接近，岳景明沒有在意。這裡人們來來往往，每天不知道舉辦多少場喪事，但那人卻在他旁邊停下了。

岳景明轉過頭，發現是自己的父親，他低低喊了一聲，「爸。」

「我就知道你不是去廁所。」岳父也靠向車門，朝他伸出手，「給我一根。」

岳景明替父親點了一根菸，父子倆沉默地抽著菸，聽著隱隱約約傳過來的誦經聲。直到一截菸灰落在地上，岳景明才聽到自己擠出了乾啞的聲音。

「學姐……怎麼會自殺？」

「聽說是憂鬱症。」岳父望著與停車場相距一小段距離的金爐，在岳景明震驚的注視下娓娓將事情道來。

許怡琳半年前就離婚了，除了告知她父母之外，沒有對外講，因此連岳景明也不知道。許怡琳一個人住在外面的公寓，每個月會在固定的時間回老家看望父母。四天前她本該回去，但許父許母卻一直沒有等到她，打電話也沒人接，兩老擔心不已，就直接前往許怡琳的公寓。誰想到打開門之後，看見的竟是她上吊的身影，桌上留有一封遺書。警方上門查驗後，在她屋裡發現抗憂鬱的藥物與醫院收據，認定她是因為憂鬱症而自殺。

「……我不知道。」岳景明艱澀地擠出聲音，直到這時憋在肺部的那口氣才終於吐了出來。

早知道她結婚後過得不幸福，為什麼那時候不告白呢？

只因為她說了對年紀小的沒興趣，他就悶悶地信了，還因此喝了幾天悶酒，將那些情愫都壓進心底，如同一個好學弟般與她相處，以免帶給她困擾。

甚至在她與前夫交往時，為了避嫌，也不再如以前與她走得那樣近；更之後，他的重心就放在早餐店上，對於她每次線上回應的「還不錯」都照單全收，沒有主動關切。

內疚像一條蛇咬著他，岳景明想著許怡琳那張笑得意氣風發的照片，想著她得了憂鬱症而走上絕路。

「阿琳這孩子，個性太好強了。」岳父惆悵地嘆氣，「老許說，阿琳不想被別人知道自己過得不好，怕被人笑話，所以才什麼都不講。」

「誰會笑話她！」岳景明咬著口腔內側的軟肉，一時間不知道是該憤怒還是難過。洶湧的情緒在體內激蕩沖刷，他慢慢吸氣吐氣，眼睛眨也不眨，將那股澀意硬是逼了回去。

香菸夾在指間，菸灰越凝越多，最後支撐不住地坍到他手指上，他卻恍若未覺。

岳父瞥見他手上積著的菸灰，嘆口氣替他拍掉，又從口袋裡拿出一把鑰匙。

「這是阿琳家的鑰匙，你許伯伯他們原本是想親自去阿琳家整理東西，但我怕他們會受不了，所以就自作主張地說你可以幫忙。你看你是把東西寄回來，或是讓他們開車過去載都可以，只要別讓他們進去那裡就好。」

受不了什麼？岳景明不需要問也知道。做父母的要如何面對女兒上吊的房間，尤其他們當時還親眼目睹了。

「好，我等等過去整理。」

「嗯。」岳父拍拍他的肩，「你也不要想太多。」

「我知道了。」岳景明頷首。父親離開後，他仍在原地站了好一會兒，隨後才鑽進車裡，把香菸摁熄了，渾然沒發現自己的皮膚之前早已被燙紅一小塊。

他坐在駕駛座上怔怔地看著外頭，忽地把額頭撞向方向盤，不經意間壓到喇叭，車子發出一聲尖銳的叭，嚇了旁邊經過的人一跳。

「馬的，許怡琳妳這個白痴，誰會笑妳啊……為什麼都不講？」岳景明喃喃低語，越說越哽咽，肩膀微微聳動，「明明說好要出本的，妳人都走了，我是給鬼當助手嗎……」

下一瞬，手機鈴聲無預警打破車內的寂靜，岳景明看也不看地接起來，一個「喂」字還沒出口，手機另一邊已經先傳來略帶不悅的男低音。

「你為什麼不在店裡？」

這理所當然的質問倒是將岳景明從泥沼般的情緒裡拽出一些，認出來電者正是他的學弟封連晨。

「我有事。」他抬起頭，中控臺上方的後視鏡映出他通紅的眼睛，「藍藍跟小花還沒離開吧，你請她們幫你用午餐不就好。」

「跟她們吃飯很累。」封連晨嫌棄地說，「我中午只想放鬆，沒興趣應付別人。」

「那你別找我。」岳景明耙耙頭髮，聲音裡透著一絲倦怠，「我現在心情不好，很容易遷怒別人。」

對邊安靜了下，隨即放緩語氣，「發生什麼事了?你在哪裡?」

「東海殯儀館。」岳景明說。

「是……你親戚嗎？」封連晨問得越發小心翼翼了。

「不是，我來看怡琳學姐。」岳景明說出這名字時，嘴裡還是忍不住發苦。

「誰？」一開始，封連晨只是疑惑地反問，但很快的他就意會過來對方身分，不由得愕然反問道，「許怡琳?你鄰居，拉你進社團的那個學姐？」

岳景明想到對方同是漫研社，也知道許怡琳，便簡略地說了她因憂鬱症自殺的事，更私人的方面就沒有提起了。

「你等下會回店裡嗎？」封連晨問道。

「沒。」岳景明發動車子，「我要去學姐家整理東西。」

「地址給我。」封連晨劈頭說道。

「你去幹嘛？」岳景明皺眉，「你下午不用開會或見客戶嗎？」

「我是要見客戶沒錯。」封連晨理直氣壯地說，「我的客戶心情不好，我得盯著他，如果他不小心出意外的話，可是會增加我的工作量。」

「臭小子，最好你每個客戶都能盯啦。」岳景明翻了個白眼，但不得不說封連晨這番話讓他好受了一些，他把許怡琳的地址給對方，約好半小時後在公寓門口見。

第二章

從東海殯儀館開回市區，就像是從寂寂九幽回到繁華俗世，岳景明甚至有一種恍如隔世的錯覺。許怡琳的公寓就在德安百貨旁邊的小巷子裡，周遭有不少小吃店與攤販，離火車站跟夜市也近，生活機能極其方便。

岳景明先買好紙箱，將車子停進停車格裡，依著記憶中的路線左彎右拐地來到一棟外牆顏色斑駁的老式公寓前。大門敞開，可以看見櫃檯後坐著一名約莫五十來歲、頭髮稀疏的管理員。此刻正有一名身形挺拔、淺褐髮色的美男子就斜站在櫃檯邊與管理員說著話。

赫然是封連晨。

即使是面對老舊公寓裡的中年管理員，封連晨依然露出親切又溫和的微笑，不知說了什麼讓管理員對他熱情萬分，也讓岳景明再次深刻感受到這人不愧是保險公司的王牌業務員。

岳景明拿著紙箱走進來時，封連晨立即笑著朝他招招手，「學長，我幫你填好訪客登記表了。」

「謝了。」岳景明點了下頭，將一半的紙箱塞到封連晨手上，跟管理員客客氣氣地打過招呼，寒暄了幾句後才去搭電梯。

他注意到不只電梯前方與裡面沒有安裝監視器，先前瞄到的櫃檯後面也沒有架設螢幕。

「附近就是警察局，十幾年來也沒有什麼事發生，所以住戶們覺得沒必要裝監視器。」封連晨忽地開口，「說白了，只是不想增加管理費。」

岳景明瞄了身邊的男人一眼。打從進電梯後，對方臉上如沐春風般的微笑就消失了，取而代之的是一臉無趣又傲慢的表情，教人難以想像他會是小花與藍藍口中的溫柔王子。

但岳景明知曉，這才是封連晨真正的樣子。

「還有打聽到什麼嗎？」岳景明的視線掃過張貼在電梯裡的公告，有施工通知、管委會的會議記錄、公寓裡禁止抽菸等等。

封連晨沒有回答，而是無預警靠過來往他身上嗅了嗅，眉頭皺起，「你抽菸了，你不是戒了？」

「就突然想抽。」岳景明隨口說道，沒有多加解釋什麼。

「別抽太多，我可不想幫你辦理防癌險理賠。」封連晨繃著臉說道。

「閉嘴吧你。」岳景明翻了個白眼。

叮，電梯門在七樓打開，兩人一同走出去，一眼就看到左右兩側各有一扇門，門牌號碼分別是六十三跟六十一。

許怡琳就住在六十一號。岳景明掏出鑰匙打開門，合頁鏽蝕，拉開時發出拐咿一聲，在小小的樓梯口上製造出刺耳回音。

門一敞開，最先映入眼簾的是靠牆的大書櫃，以及中央上方的老式吊扇。岳景明怔怔地看著那臺吊扇，眼前彷彿浮現一具纖細的身影懸掛半空，雙腳輕輕晃呀晃的。

聽說上吊很痛苦，耳鳴、喉管壓迫、身體痙攣，在意識尚未模糊的前十五分鐘裡將會感受到自己是如何窒息的……

為什麼她要選擇這種方式結束生命？

「學長，別堵在門口。」

封連晨的聲音讓岳景明回過神來，他甩去腦中的臆想，走進屋裡將紙箱放在地板上，打量起許怡琳的住處。

公寓格局是兩房一廳一衛，雖然物品凌亂堆放，但依稀能看得出屋主當初曾經用心布置過。房間牆壁貼著漫畫海報，透明收納櫃裡放著網點與漫畫原稿紙，桌上則有一排專用筆與數瓶墨水以及透寫臺。

岳景明在抽屜裡發現了速寫本，翻開一看，都是人體構造與姿勢的練習，顯然許怡琳想要重拾畫筆不是隨口說說的，她是很認真地在重新打好基礎。

這讓岳景明更無法釋懷了，苦澀重新漫上他的嘴。

「到底發生什麼事了，學姐……」他喃喃低語，房裡自是不會有人回答。

他回到客廳，看見封連晨一邊將紙箱封底，一邊時不時抬頭望向吊扇，眼角餘光瞥見他的身影後，轉頭問道。

「怡琳學姐是上吊自殺嗎？」

岳景明先是一愣，他並沒有明說說許怡琳是如何自殺的，但訝異也只是一瞬，他猜應該是自己之前站在門口不進去的舉動引發聯想的。

封連晨收回視線，「看樣子我猜對了。」

「沒事猜這個幹嘛。」岳景明瞪他一眼，不想再繼續這個話題，「我們從客廳開始吧，先列出完整清單再把物品做分類。」

封連晨的嘴角頓地耷拉下去，「這麼麻煩。」

「你是沒搬過家嗎?清點是基本。」岳景明拿了紙跟筆到書櫃前點起書本數量，發現其中有一些經書，還有佛教相關的漫畫，因為他比較少見過這類漫畫，還特意看了下書名，是《天堂遊記》與《地獄遊記》。

「搬家公司會替我處理。」封連晨理所當然地說，弄完最後一個紙箱的底，他也拿起紙跟筆，學岳景明一般將所看到的東西都先記下來。

光是清點就是一個大工程了，兩人分工合作把客廳裡的東西都點過一輪後，已經過去兩個多小時了。

岳景明看了眼牆上的鐘，要封連晨先回公司，後續他一個人處理就可以了。

「我必須關心客戶的心理健康。」封連晨眼也不抬，將整理好的部分物品放進箱子裡，「畢竟你年紀大了，容易傷感，心理影響生理，一不小心出了意外會很麻煩的。」

「臭小子，我才比你大兩歲。」岳景明抱著東西經過他身邊時輕踢了他一腳。

「兩年一代溝。」封連晨淡淡說道。

「是三年才對。」岳景明哼了聲，但從下午就緊繃到現在的臉部線條總算放鬆不少，心頭好似有一道暖流淌過。

許怡琳自殺的消息來得太突然，如果沒有封連晨陪他一起打包，讓他轉移注意力的話，他可能又會胡思亂想起來。

隨著太陽西斜，玫瑰色的霞光在窗外鋪展開來，沒有開燈的屋子顯得幽暗不少。岳景明站起來想去開燈，原子筆不小心從手裡滑落，一路滾到沙發底下。

他嘆口氣又重新坐回去，彎下身子把手伸進沙發下面，摸索一番後沒摸到筆，反倒碰觸到一個扁平的長方形物體。

「什麼東西？」岳景明納悶地將其拿出來，與此同時，熾白的燈光驟地亮起，室內一片亮堂。他回頭一看，果然是封連晨去開燈了。

接著他又把視線移回手上，那個約莫十三公分長的物體是他曾經在電視新聞上看過的智慧型手機。相比起體積小巧的貝殼機或是他慣用的 Nokia 手機，這種新式手機的螢幕更大，卻也更輕薄。

封連晨瞥見他從沙發下摸出一個東西，從他肩膀探過去看，評斷道：「這手機不便宜。」

「那女人就是喜歡新東西。」岳景明感傷地笑了下，將手機塞給他，繼續彎身去掏摸沙發底下。這次有了光，很順利地就看到滾到更深處的原子筆了。

直到岳景明的肚子發出響亮的咕嚕咕嚕聲，強烈的饑餓感一湧而上，他才後知後覺地意識到自己中午根本沒吃飯。那時接到母親打來的電話後就直接趕去殯儀館，陪著老人家折了一陣子的紙蓮花，又前往許怡琳的公寓打包整理，來回奔波加上體力勞動，難怪他現在特別餓。

「你該不會中午沒吃？」封連晨也聽到他的肚子叫聲，皺眉問道。

「忘了。」岳景明聳聳肩，不是很在意地說，「我回家吃泡麵就好。」

「回家吃泡麵？」封連晨冷哼一聲，「我陪你整理那麼久，你居然連飯都不請我吃，你這樣壓榨學弟對嗎，學長？」

最末兩字咬得特別重，那陰森森的語氣讓岳景明都不禁懷疑起自己是否幹下什麼十惡不赦的錯事。明明最開始硬要跟來的是這小子吧，怎麼就變成他單方面壓榨呢？

面對那張看起來有點臭的俊美臉龐，岳景明直接選擇妥協，以免又換來一陣叨唸。

「好好好，德安美食街可以嗎？」他問。

封連晨瞟了他一眼，紆尊降貴地點了點頭。

在德安百貨的美食街，岳景明頂著一票女性客人們投來的驚豔目光——當然是看向坐他隔壁的封連晨——若無其事地吃著晚餐，感受著熱呼呼食物填滿胃部的飽足感。

他還注意到就連煎臺前的女師傅也紅著臉、時不時偷瞄過來，甚至還貼心地主動詢問要不要再加菜。

岳景明又續了一盤高麗菜跟豆芽菜，一邊看著對方俐落地翻炒青菜，一邊在腦中想著該如何讓工讀生藍藍煎東西的技巧更嫻熟。

吃完鐵板燒後，岳景明感覺精神又回來了，與封連晨討論著下一次的打包行程——原本他是打算自己去許怡琳的公寓，但臭小子又搬出了他年紀大，如果閃到腰或是摔了腿要理賠很麻煩的理由，堅持要一起去。

低聲敲定好日期，岳景明跟連晨道別後，便開車回到自己的小公寓。

洗完澡，看個新聞，打開電腦看一下 MSN 跟臉書後，岳景明便早早上床了。不知道是不是受到許怡琳自殺的事情影響，這個覺他睡得很不安穩。

他夢到自己跪坐在一張桌子前，桌上放著一杯熱騰騰的茶，白煙裊裊，茶香四溢，有誰的聲音在勸他喝下這杯茶。

岳景明順從地拿起杯子喝了一口。

好苦，又苦又腥，難以形容的滋味在嘴裡擴散。明明是這麼難喝的茶，他卻無法放下杯子，反倒是強迫自己喝完整整一杯，被苦得反胃欲嘔。

他受不了地站起來，捂著嘴跑出去，想去找水漱掉嘴裡的味道，然而堅實的地板卻無預警地變軟下沉，他彷彿踩進一灘黑乎乎的泥沼裡。

他掙扎地拔出腳，想要儘快脫離這個詭異的地方，但每每往前邁出一步，身體就往下陷了一分。好不容易他終於看到岸邊了，使盡力氣想要爬上去時，一條條滑膩冰涼的觸手猝不及防竄出來，像繩子般緊緊纏住他，將他拖回泥沼裡。

黏糊糊、濕答答黑泥逐漸淹過他的腰、他的胸，最後在他驚駭的目光下漫上了脖子，將他整個人吞噬進去。

他的視野一片黑暗，鼻子跟嘴巴都塞滿了爛泥，他快要喘不過氣了！

岳景明尖銳地抽了一口氣，猛地睜開眼睛，眼前依然是沉沉的黑，他一時間分不清自己在哪裡，直到聽到窗外傳來車子呼嘯而過的聲音才回過神。

是了，這是他的房間，不是什麼泥沼。

岳景明急促地呼吸幾下，以緩解夢裡那股窒息的不適感。汗濕的瀏海黏在額頭上，他想抬起手撥開，但手臂卻不能動彈。

怎麼回事？岳景明心頭一跳，隨著眼睛逐漸適應暗幽幽的房間，他駭然發現有個人形黑影正居高臨下地俯視著他。

對方慢慢地低下頭，離他越來越近，長長的髮絲好似搔動到他的臉頰。

動啊，快動！岳景明心跳加快，手指抽搐了下；與此同時，他終於看到那人臉上、身上的黑影在漸漸散去，如同風吹開了紗，露出底下的臉龐。

他瞳孔一縮，雞皮疙瘩瞬地浮出來，嘴唇張張合合，從牙關裡擠出不敢置信的兩字。

「學……姐……」

已經自殺的許怡琳居然出現在他的房間裡。

這不可能！

岳景明猛地吸了口氣，眼底映入許怡琳陰森森的詭異表情，蒼白得近幾透明的兩隻手倏然伸向他。

岳景明渾身緊繃，戰慄竄過後頸，下一秒，只感覺到他自己的雙肩猝然被抓住。

「岳小明啊……」拉長聲音的哀怨叫聲迴響在房間裡，許怡琳邊喊還邊抓著岳景明的肩膀猛搖。

搖得他頭昏腦脹，先前的恐懼也被搖掉大半，當然更大的原因是聽到那再熟悉不過的稱呼了。

「幹！妳在搞什麼鬼？」岳景明想把她的手拉開，卻摸了一個空，他不由得睜大眼。

許怡琳沒察覺他手指穿透自己，繼續嗚嗚咽咽地哀號。

「嗚嗚……岳小明你一定要幫我，不然我做鬼都不會放過你的……」

「妳現在就是鬼了。」岳景明反射性吐槽。

「欸，對耶。」許怡琳愣了下，接著像是被打開什麼開關，哈哈笑了起來。

她笑聲爽朗，讓岳景明腦中不禁浮現出她大學時的明媚模樣，一瞬間，彷彿一切都不曾改變過。

但再次伸出手，依然什麼都沒碰到，岳景明就清楚認知到，他們已是不同世界的人了。陰與陽，生與死。

岳景明心底悵然又酸澀，他眨了幾次眼，沒有讓那股酸意流出來，現在更重要的是另一件事。

他還記得許怡琳開口的第一句話——岳小明你一定要幫我。

「許怡琳。」他喊道。

「叫學姐。」許怡琳不滿地捏他一下。

她的手指冰得像冰塊，岳景明嘶了聲，打了個激靈，沒好氣地對她說，「從我身上滾下去。」

「好好好。」許怡琳從善如流地飄起來，擺出一個抱膝的姿勢，一雙眸子滴溜溜地打轉。

岳景明坐起來打開燈，看見許怡琳的身影是半透的，違反地心引力坐在半空中，她正饒有興味地打量起自己房間。

「妳要我幫妳什麼忙？」他正色問道。

許怡琳的目光落在他臉上，又露出他習慣的開朗笑容，但神情隱隱透著一絲茫然，「我想知道……我為什麼要自殺。」

岳景明一愣，「妳不知道自己為什麼要自殺？」他猛地瞪大眼，急切問道，「是有人逼妳的嗎？還是將妳偽裝成自殺？」

「哎哎，你電影看太多了。」許怡琳擺了擺手，「我能知道我是自殺死的，但為什麼要自殺，可能是死亡時的感覺太負面痛苦了，衝擊得我忘了自殺原因跟一些事。」

「妳還記得什麼？」岳景明與她確認。

「大部分的事我都記得，就這幾個月的事反而模模糊糊的。」許怡琳敲了敲腦袋，「就這樣不明不白地死掉我不甘心，岳小明，你一定要幫我查清楚，否則我會一直纏著你不放，就算你上廁所、洗澡我也會跟進去的！」

最後一句她說得擲地有聲。

岳景明的臉色頓時黑了。

身邊多了一個如影隨形的鬼是什麼感覺？老實說，岳景明的心情有點複雜。

他既慶幸能再次看到許怡琳——對方的自殺讓他太措手不及了，連告別的心理準備都沒有——她的現身將他從悲傷之中拉出來，讓他有一種往日重現的錯覺；然而她半透的身影又在在提醒自己，她真的死了。

不過讓他煩惱的還有一點，就是許怡琳像是有說不完的話，在他耳邊嘰嘰喳喳講個不停。有好幾次他下意識回應，反倒讓小花與藍藍以為他是在跟她們說話。

除此之外，許怡琳還會測試店裡有沒有人可以看到她，或是試探地穿過別人身體、讓那些人冷不防打了個哆嗦，還疑惑地問岳景明是不是開了空調，否則怎麼會突然冷了起來。

幸好今天封連晨沒有過來店裡吃午餐，這小子敏銳得很，說不定很快就會察覺到異樣。

岳景明還沒想好要怎麼跟對方說許怡琳雖然死了，但她的鬼魂跟著他不放。

中午一到，送走兩個唉聲嘆氣的工讀生後，岳景明下意識地搜尋起許怡琳的身影。先前還黏在他身邊不放，現在又不知道跑哪裡去了。

沒了其他人在場，他無顧忌地喊出對方名字。

「許怡琳。」

「叫……學……姐……」一道幽幽的聲音貼在他耳邊響起。

但是岳景明此時卻是身體倚靠著擺放茶桶的櫃子，身後根本沒有可以站人的空隙。

所以許怡琳在哪裡？

岳景明反射性一回頭，就看到茶桶裡伸出一顆腦袋。

「幹！」他嚇了一大跳，立即與櫃子拉開距離，「妳為什麼在那裡？」

「嘿嘿，我想試看看能穿過哪些東西嘛。」許怡琳飄出櫃子，這次改浮坐在櫃檯上，興沖沖地說起自己的研究成果，「我發現店裡的東西我都能穿過去，完全碰不到、摸不著耶。」

她語氣驕傲，雖然岳景明完全不懂這有什麼好驕傲的。

「至於人類的話，還是只能碰到小明你。而且而且，我還發現你對我來說有一種定位效果耶。」

「定位效果？」岳景明聽得一頭霧水。

「就是我如果離開早餐店，跑去後面的大學閒逛，還是可以感覺到你在哪裡。所以啊，岳小明你果然是最特別的！」

「謝謝，這種福利不是很想要。」岳景明哼了聲。

許怡琳對他的冷淡反應不是很滿意，飄離櫃檯又想去碰岳景明了，好讓他深深感受一下他的「特別」。

岳景明才不想被她一碰又打起哆嗦，迅速改變話題來轉移她的注意力。

「要回去妳家看看嗎？」

「喔喔，好啊，我們快出發吧。」許怡琳興致勃勃地催促道，甚至忍不住伸手推著他的背。

岳景明後頸瞬間浮出雞皮疙瘩，他沒好氣地睨她一眼，換來對方一個傻乎乎的笑。

雖然先前跟封連晨約好要一起過去整理許怡琳的遺物，不過當事鬼既然表明想回家看看，岳景明自然不介意先過去一趟。

他開車前往許怡琳的住處，拎著紅茶與現做的三明治給管理員。面對免費的食物，管理員一張臉笑開了花，對他的態度熱絡許多。

從管理員口中，岳景明打聽到了許怡琳前幾個月常常外出，看起來心情不錯，臉上帶笑；但是自殺前這個月幾乎很少出門，見到人也不打招呼。因為前後反差太強烈，所以管理員印象也特別深。

岳景明越聽眉頭皺得越緊。很明顯這段時間內一定是有什麼事發生，才會讓許怡琳想不開走上絕路。

他悄悄瞄了旁邊的許怡琳一眼，當事鬼卻是一臉茫然。他暗暗在心底嘆口氣，看樣子她連這個也忘記了。

與管理員又聊了幾句，岳景明搭電梯上樓，進到屋子裡繼續未完成的打包工作。客廳裡的物品已經清點完了，還有一半尚未裝箱。他整理的時候，許怡琳就坐在一旁，興高采烈地與他分享這些東西的由來，他抱過來的書本之中如果有她感興趣的，還會要他翻給她看。

岳景明發現自己的進度被拖累了，很想把書丟到她腿上，「妳就不能自己翻嗎？」

「不能耶。」許怡琳的手直接穿過書本，看起來就像是她的手腕被斬斷一樣，有些嚇人，「我今天試過了，我目前只能碰到你而已。」

如同要驗證自己話中的真實性，她迫不及待抓住岳景明的衣領。

岳景明立即瞪她一眼，瞪得她訕訕地放下手，識相地飄到另一邊去。

少了許怡琳的叨唸，岳景明收拾的速度快了不少，封完一、兩個箱子後，他才注意到許怡琳不是保持安靜，而是從客廳裡消失了。

「許怡琳！」他心頭一跳，立即站起來，著急地喊道，「許怡琳妳在哪裡？」

「就說了，要叫我學姐。」一道輕得彷彿會散逸在空氣裡的聲音傳了出來。

岳景明三步併作兩步地走到房間裡，看見許怡琳坐在地板上，抱著膝蓋，神情怔怔地盯著空白的牆壁。

似乎是聽到他的腳步聲，許怡琳轉過頭，又是一個笑臉，但這抹笑卻讓人覺得像是下一秒會哭出來。

「我想起來了……」她喃喃說道。

「妳想起什麼了？」岳景明在她身邊坐下，放輕音量，像是怕會驚擾到她一樣。

「我想起我自殺前的那段日子一直在哭，我好難過、好孤獨，可是我不敢講，我是學姐啊，我比你們還要大，怎麼可以讓你們擔心我呢……」她捂住臉，肩膀微微聳動。

在岳景明的記憶裡，許怡琳一向是開朗明媚又大剌剌的，從來沒有示弱過，可是此刻的她卻把自己縮成小小一團，看得他的心好似也被一隻手用力擰住。

「我都三十幾歲了，居然還可以把生活過得這麼糟，被你們知道的話……一定會被笑吧……所以我不想、不想被你們知道……」許怡琳吸著鼻子，努力平復下顫抖的聲音。

「許怡琳妳這個白痴！」岳景明突然大吼一聲。

「什、什麼？」許怡琳被嚇了一跳，愣愣地放下手，抬起頭。

「誰會笑妳？妳以為我是這種人嗎？」岳景明攥緊拳頭，「妳什麼都不說，妳當我是會通靈嗎？妳不講出來，我要怎麼幫妳，我甚至……甚至都不知道妳在看身心科……」

他鼻頭發酸，眼眶控制不住地紅了，那些憋在心裡的話像開閘的水湧了出來。

「我為什麼沒有發現，妳明明那麼難過，難過到選擇……」他眼角通紅，哽咽地吞下「自殺」兩字，用力捶了一下地板。

在這一刻，比起怪許怡琳瞞著不說，他更怪將她表面的好全盤接收的自己。以為靠著臉書與MSN聊幾句就是保持聯絡，就是在關心她，事實上，那不過是一種懶惰，一種心安理得的自我安慰。

溫熱的液體滑下岳景明臉頰，他咬緊牙關，忿忿地重捶地板一次又一次，忍不住厭惡起自己。

「小明，小明你冷靜點！」許怡琳慌慌張張地抓住他的手，看到指關節那裡紅腫一片，趕緊替他揉了揉，「就像你剛說的，你又不會通靈，我不講，你怎麼可能知道？」她搬出他之前的那番話，「是我……是我自己太愛面子了，一直在逞強。你們參加我婚禮時，我還誇口一定會過得很幸福，結果沒幾年我就狼狽離婚了，真丟臉……」

她自嘲一笑，摸了臉龐一把，指腹濕漉漉。原來變成鬼，她還是會哭的。

她一哭，岳景明反而漸漸冷靜下來，他做了幾個深呼吸，隨意拉起衣領擦去臉上淚水。

「對不起，學姐……」他沙啞地說。

「你有什麼好對不起的？又不是你……」她及時咬住「逼我自殺」四字，以免再刺激到岳景明。她隨便指了一個地方來轉移話題，「幫我打開抽屜，我想看速寫本。」

岳景明起身走到桌子前打開抽屜，拿出那速寫本翻給她看，房間裡很安靜，只有沙沙的翻頁聲。

當看到許怡琳隨手畫下的分鏡時，岳景明眉頭蹙起，想起了三個月前的會面。那時的許怡琳神采奕奕，一點兒也看不出憂鬱症傾向，還笑著說想要重拾畫筆，出本參加同人誌活動，要他到時來當她的助手。

「妳什麼時候開始看身心科的？」岳景明問道。

「離婚前就在看了。」許怡琳托著腮，或許是因為方才兩人的情緒都爆發過一輪，她再說起這件事的時候不再扭扭捏捏，「我前夫一直嫌我這個做不好，那個也做不好，搞得我都懷疑起自己是不是真的很沒用。後來他受不了我，我也受不了他，我們兩個就離婚了。但我看什麼都很負面，我覺得這樣下去不行，就去看身心科。吃藥後是有比較好一點，但三不五時還是會憂鬱症發作，不想被你們知道，所以才什麼都不講。」

「妳之前約我吃飯，看起來精神很好，還說要找我當漫畫助手。」岳景明舉起速寫本。

「那是因為我接觸到了……」許怡琳卡殼了，神情漸漸迷茫。「接觸到什麼？」

她在房間裡轉來轉去，指使岳景明替她打開抽屜、衣櫃，還有床頭櫃，意圖找到些線索，但是從裡面翻出的東西都無法觸動她的記憶。

「到底是什麼啊？」許怡琳飄在半空中，沮喪地直抓著頭髮，「想不起來啦。」

「想不起來就表示這個或許跟妳的自殺有關。」岳景明推測，在兩眼一摸黑的情況下，勉強能當個突破口。

他得想辦法查清楚造成許怡琳心境轉變的原因。

隔天中午，封連晨出現了，他優雅的微笑將兩個工讀生迷得暈頭轉向，要不是岳景明板著臉，趕鵝似的趕她們離開，兩人極有可能連課都不想去上了。

面對岳景明的連聲催促，小花與藍藍依依不捨地跟封連晨說再見，紅著臉一步三回頭。

等到兩人的身影徹底消失在視線範圍後，封連晨立刻卸下笑容，一張臉臭得像是有誰欠他幾百萬。

去外頭閒晃，正巧回來的許怡琳撞見這一幕，不由得瞠大了眼。

「哇賽，一秒變臉耶！小明、小明，這個帥哥是誰？」她仗著自己是鬼，毫不遮掩音量地大聲嚷道。

卻沒有想到等來的不是岳景明的回應，而是封連晨質疑的眼神與一句——

「學長，她是誰？」

許怡琳與岳景明都愣住了，前者露出像是做壞事般被抓到的緊張神色，後者則是不敢置信地瞪著封連晨，裝飲料的動作一頓。

「紅茶滿了。」封連晨屈指敲了敲桌子，出聲提醒。

「啊靠！」岳景明手忙腳亂地關緊茶桶，將溢出來落在櫃子上的紅茶擦乾淨，端著馬克杯從櫃檯後走出來，確認地問道：「你看得到她？」

「我為什麼看不到她？」封連晨一臉「你在說什麼傻話」的表情，接過紅茶慢條斯理地喝著，冷淡的視線瞟向許怡琳，「所以，她是誰？」

或許是自己先前的臭臉已經被看到，封連晨就懶得再擺出風度翩翩的王子笑容，看著許怡琳的目光充滿審視。

岳景明瞅瞅下巴微抬、看似高傲的封連晨，又瞄瞄滿臉呆滯的許怡琳，這下子是真的確定一人一鬼是彼此看得到的。

他嘆口氣，本以為封連晨可能是從蛛絲馬跡來察覺到許怡琳的存在，結果人家是直接看見。

「學姐，這是封連晨，比我小兩屆的漫研社學弟。」他跟許怡琳介紹道。

「啊，那個王子學弟。」許怡琳擊了下掌，「你跟我提過好幾次。」

封連晨有些不滿自己被忽略，又屈指敲敲桌子。岳景明轉向他，神情微妙，欲言又止。

封連晨挑挑眉，用不耐的眼神催促他有話快說。

「她是許怡琳，漫研社的學姐。」岳景明給出名字和關鍵字。

封連晨的臉上寫著「然後呢」，數秒鐘過後，他猛地意識到什麼，瞪大眼，脫口道，「她不是死了嗎？」

「是啊、是啊，我死了，死得很徹底呢。」許怡琳回過神後又是一副笑嘻嘻的模樣，她把手往前一伸，指尖穿透封連晨的手臂。

封連晨猛然站起來，膝蓋撞到桌子，震得桌上的紅茶灑了出來。他微微向後仰，震驚地看著許怡琳。

許怡琳又想碰封連晨，岳景明瞪她一眼，「妳給我乖乖坐好，不要嚇他。」

他邊警告邊拿來抹布擦掉桌上的紅茶。封連晨就像是一隻炸毛的貓，警戒地盯著許怡琳，直到她舉著雙手退開兩、三步，才重新坐下來。

封連晨端起紅茶喝了幾口，似在穩定自己的心緒，半晌後才擠出聲音，「她、你，怎麼回事？」

「學姐忘了自己為什麼要自殺，要我幫忙找出原因。」岳景明言簡意賅地解釋道，或許是昨天在許怡琳公寓裡宣洩一場，現在講起她的死亡，那股酸澀不會凝成一團地梗在喉嚨口。

「為什麼要找你？」封連晨抓到關鍵字，視線變得尖銳起來，「其他人不行嗎？」

「因為只有岳小明看得見我，啊，現在還多了一個你。」許怡琳插話，為了強調她對此事的決心，她大聲說道：「如果岳小明不幫我的話，我就會一直黏著他，連他上廁所跟洗澡都會跟進去喔。」

「妳敢偷看我洗澡、上廁所我就翻臉。」岳景明臉色鐵青。

封連晨眉頭皺起，又稍稍鬆開一些，看著許怡琳的目光依然謹慎，「找出原因後，妳就會離開學長了？」

「會吧。」許怡琳用手比劃了下，「電影不都是這樣演的嗎？鬼魂執念散去，就可以去投胎轉世了，我覺得我也會這樣。」

「那你就快點找出來，送她去投胎。」封連晨對岳景明說道，那語氣就像是「現在、立刻、馬上處理好」。

你以為是泡麵三分鐘就解決嗎？岳景明暗暗想道，翻了個白眼，壓下想用抹布打他的念頭，走回櫃檯後替他弄午餐。

封連晨盯著許怡琳，每當她想湊近時，他就會下意識繃住身體，一張俊臉也同樣繃得死緊。

岳景明瞥見他如坐針氈的模樣，好心問道，「要打包嗎？」

封連晨抿著唇思考半晌，點點頭，「要。」

許怡琳發出一聲充滿惋惜的嘆息，「真可惜，難得見到了傳說中的王子學弟，不坐久一點嗎？我這人，不對，我這鬼很好聊的。」她對自個的稱呼做了糾正，又眼睛閃亮亮地看著封連晨，「我知道岳小明很多的黑歷史喔，連他幾歲尿褲子都知道。」

「閉嘴吧妳。」岳景明沒好氣地說。青梅竹馬就是這一點討厭。

封連晨看起來有些意動，但目光一觸及許怡琳離地的雙腳，臉色又微微白了一些，顯然還沒有完全接受眼前的女人是個鬼的事實。

「下次再聽妳說，我需要回公司冷靜一下。」他直言不諱地道，接過岳景明打包好的午餐時，眉頭倏地又擰起，盯住對方青紫的指關節，「你的手怎麼回事？」

「啊，岳小明！」許怡琳也跟著望過來，大呼小叫，「你是不是沒擦藥？都腫起來了。」

面對封連晨質疑的眼神，岳景明編了個藉口，「昨天去學姐公寓整理時不小心撞到的，揉一揉就會散掉了。」

封連晨才不信他，對著許怡琳說道：「學姐，盯好他擦藥。」

「交給我吧。」許怡琳做了個敬禮的手勢，目送他離開後，飄到岳景明身邊，笑咪咪地說道，「你這學弟滿有意思的，明明怕我，卻說下次還會來見我。」

「他都說了，他只是需要一點時間冷靜。」岳景明打開水龍頭，刷洗洗水槽裡的鍋碗盤子。

在嘩啦啦的水聲中，手機鈴聲突然響起，他隨意擦了擦濕漉漉的手，發現是個陌生號碼，想了想還是接起電話。

「喂，岳先生嗎？我是雙喜公寓的管理員啦。」略微陌生的中年男聲從手機裡傳出來，「許小姐家的門沒關上，是不是你昨天忘記鎖了？」

「我昨天離開時確定有鎖上。」岳景明神色一凜，連忙問清楚狀況。

原來是七樓住戶，也就是許怡琳的鄰居中午出門時，發現對邊的門開了一條縫。鄰居知道這幾日會有人來整理許怡琳的遺物，所以也沒有太在意，下樓時跟管理員提了一下。但管理員可沒瞧見岳景明過來，預防萬一，他特地上樓看看，許怡琳住處的門果然沒關，往裡頭喊了幾聲卻無人回應，他擔心被闖空門了，趕緊聯絡岳景明。

「我馬上過去。」岳景明掛掉電話，快速地將店裡的東西收一收，再把店門一關，匆匆開車前往許怡琳的住處。

他一進公寓，管理員就站起來，憂心忡忡地催促道，「小岳你快上去看看有沒有什麼東西不見，唉唷，到底是誰闖進去啊，真是夭壽。」

「好，我這就上去。」岳景明點點頭，將冰紅茶遞給管理員，「大哥，這個請你喝，謝謝你打電話給我。」

管理員腆著臉收下紅茶，對岳景明的觀感更好了。

岳景明暗暗朝東張西望的許怡琳使了個眼神，要她跟自己一起上樓。一人一鬼站在電梯裡，看著面板上的數字不斷上升。

叮一聲，電梯門打開，岳景明一個箭步衝出來。七樓六十一號的門是關上的，管理員在發現這裡可能被闖空門後，就趕忙關起來，但沒有上鎖。他輕易地打開門，看見之前封好的箱子依然整整齊齊地堆在一旁，地板上也沒瞧見其他人的腳印子。

岳景明飛快環視客廳一圈，這邊的東西都整理得差不多了，接著又跑到主臥與客臥查看，也沒有被翻箱倒櫃的樣子。

但岳景明很肯定，他昨晚離去時真的有把門鎖上。如果真的被闖空門的話，那麼小偷會下手的通常都是貴重物品？

想到這裡，岳景明又快步走回客廳。

「小明，你有發現是什麼不見了嗎？」許怡琳飄在他身邊問道，「我看來看去，好像什麼都沒少耶，箱子也被封得好好的。」

岳景明走到箱子前，箱子上面都有用筆寫出物品分類，他仔細查看一番，目光突然定在其中一個箱子上，他甚至蹲下來湊近看。

「怎麼了？」許怡琳好奇地問，也跟著落下來，雙手托腮地端詳那個貼上膠帶的箱子。

岳景明摸了摸這個箱子上的膠帶，又去碰另一個箱子的封箱處，指腹的感受有細微的差異。他眉頭倏地皺起，拿來美工刀割開寫有個人物品上的箱子膠帶。

「箱子有什麼問題嗎？」許怡琳追問。

「膠帶被貼了兩層，有人偷拆過箱子又封上。」岳景明打開箱子，一邊把裡頭的東西一個個拿出來，一邊對照他之前做好的分類清單。

許怡琳的手機與錢包消失了。

第三章

知道自己的手機跟錢包不見後，當事鬼對這件事似乎沒有太大感觸，只是「唔」了一聲，還很大度地表示反正那些東西生不帶來、死不帶去，就隨便它們奔向自由吧。

聽見這番發言，岳景明恨不得能抓住許怡琳的肩膀，用力地把她搖一搖，看能不能搖出腦子裡的水。

聽聽這是什麼話，哪有人對自己遺物失蹤那麼無所謂的！

「妳是傻了嗎？」回到家中，岳景明擺出嚴厲的臉色，要許怡琳乖乖聽他訓話，「這可不是小事，那可是妳的東西被偷了！」

「我……我知道啊……」或許是岳景明板著臉的模樣太有魄力，許怡琳的音量也小了下去，她縮著肩頭，彷彿彼此之間的學姐學弟立場顛倒。

要是有人能看見這一人一鬼相處的場景，恐怕都會以為岳景明才是年紀大的那個。

「但是、但是……」許怡琳囁嚅著說，「偷都被偷了，還能怎麼辦？」

「當然是報……」「警」字在岳景明的舌頭上滾動一圈，又被他重新吞回肚內。他抓抓頭髮，剛升起的那口氣倏地又泄了下去。

岳景明也能理解許怡琳的消極。

不見的是手機跟錢包，當然可以直接報警，但是如果警察找上許怡琳的父母，知道女兒的遺物被偷後，只怕又會帶給他們新一輪的打擊。

想來想去，岳景明自己都覺得腦子要打結了。

「算了，再看看有什麼辦法吧，走一步算一步了。」岳景明起身為自己泡杯熱咖啡，濃醇的咖啡香氣說不定能刺激一下大腦。

「這麼晚喝咖啡，你晚上會睡不著覺喔。」許怡琳一臉不贊同地飄在岳景明身邊，「好歹加牛奶，大量的牛奶跟糖啊。」

「那是妳自己喜歡的口味吧。」岳景明才不管許怡琳的叨唸。

許怡琳跟隨著他的腳步飄回客廳，自得其樂地在空中擺出各種瑜伽姿勢。

岳景明的嘴角抽了抽，最末還是沒阻止學姐的樂趣。他拿起搖控器，隨意選了一個頻道觀看。

電視裡的聲音畫面一出現，馬上就吸引了許怡琳，她從空中飄下來，坐在岳景明旁邊的位置，雙眼認真地盯著綜藝節目，不時還跟著發出哈哈大笑。

見到笑容重新回到許怡琳的臉上，岳景明也不由得勾起了些許弧度。

「對了！」許怡琳冷不防大叫一聲，嚇得岳景明差點喝咖啡嗆到。

「咳咳……什麼東西對了？」岳景明艱困地把咖啡嚥下，投向許怡琳的目光流露一絲不滿，「真是的……別突然那麼大聲，嚇到我了。」

「哎唷，你都能跟鬼魂的我若無其事相處了，膽子不是應該要很大嗎？這樣不行的啦。」

「把妳的重點說出來，如果是廢話就算了，我也不想聽。」

「好過分……曾經那麼可愛的小學弟兼小青梅如今跑到哪去了？」

「從來就沒存在過好嗎？」岳景明不給面子地翻了白眼。

「我好傷心……」許怡琳作勢擦著淚水，但見岳景明還是不捧場，反而一臉「我就看妳繼續表演」的表情，她也沒了耍寶的興致，「喔，我是要跟你說……要不然我再回去我屋子一趟吧，守株待兔，說不定能守到小偷再上門。」

岳景明直接打槍這個決定，「哪個小偷那麼傻，偷完還會再回去的？妳當妳那邊是藏著寶藏還是金條嗎？」

「有的話我就全都送給你啦，當作你幫我忙的報酬。可惜啊……」許怡琳惆悵地嘆了口氣，「我那邊最值錢的就是手機跟錢包了。」

「妳看，妳自己都說最值錢的已經不在了，所以妳就別想那麼多了。」岳景明想拍拍許怡琳的肩，但手剛抬起，又猛然想起對方如今已沒有實體。

許怡琳坐在沙發上，不時會被節目效果逗得直笑，那模樣就和以往沒什麼不一樣。可是她的身軀卻是呈半透明，輕易就能透過她看見後方的景物。

這讓岳景明再一次深刻地感受到，他的學姐是真的不在人世了。

許怡琳先前的憂心果然成真了。

岳景明很不幸的，失眠了。

岳景明躺在床鋪上，眼睛睜得大大。都已經超過凌晨一點，睡意依舊不肯來拜訪，就算是閉上眼，腦袋也還是清醒得很。

都怪那杯黑咖啡。

但就算內心再怎麼後悔，已經發生的事都無法改變，岳景明只能鬱悶地在床上翻來覆去，把自己當成一條鍋裡的煎魚。

好在許怡琳就算可以穿牆，也不會貿然地闖進學弟的房間裡。

否則是要是被她看見這一幕，她一定會不客氣地好好嘲笑一頓，再擺出「不聽學姐言，吃虧在眼前」的嘴臉。

既然一時半會都沒想睡的感覺湧上，岳景明吐了一口氣，乾脆來釐清今天碰上的事。

最主要就是許怡琳的手機錢包失竊。

岳景明白日時已經將裝箱的遺物都清點過一次，確認不見的就只有手機跟錢包，這同時也是那間屋裡最值錢的東西沒錯。

只不過……那個闖空門的小偷居然還特地把箱子重新封起，箱裡的其他物品也擺放得整整齊齊。

如果不是察覺到紙箱上的膠帶不對，恐怕岳景明也不會想到有人曾經動過這些箱子。

難不成，那個小偷是特意鎖定了學姐的東西當成目標？

只是這念頭一浮上來，就被岳景明自己又按下去了。他搖搖頭，覺得這個可能性不高，還不如認定是小偷故布疑陣，好讓人不要那麼快發現自己偷竊的行為。

可倘若是這樣，為什麼小偷又會粗心地忘記把門關上？

岳景明把自己都想糊塗了，不過值得慶祝的是，睡意終於姍姍來遲地前來拜訪了。他的眼皮控制不住地往下掉落，本來還稱得上清明的意識也漸漸渙散。

岳景明不知不覺睡著了。

刺耳的鬧鐘聲響將正沉睡著的人毫不留情地吵醒。

岳景明呻吟一聲，從棉被下探出手臂，將那個擾人清夢的鬧鐘按掉。

房間裡又恢復清靜。

岳景明閉著眼睛，只想繼續賴在床上不動，他昨晚失眠太長，等到睡著時都差不多快三點了。

而鬧鈴訂的時間是早上四點半，等於他才睡不到兩個小時。

岳景明感覺自己的眼皮都像是緊緊黏住，光是撐開就費了好大一番力氣。他痛苦地掀了下眼又閉上，柔軟的床鋪、枕頭和棉被都在用盡全力地挽留他。

靠著堅強的意志力，岳景明總算把自己從床上拔了起來。他閉著眼睛，像條遊魂地飄晃到廁所刷牙洗臉。

等冰冷的冷水一潑上臉頰，他反射性打個哆嗦，連帶地那些睡意也被趕跑了。

抓下毛巾隨意地擦把臉，打起精神的岳景明走到客廳，毫不意外見到許怡琳雙眼炯炯地盯著他

「你要是再沒動靜，我就要破門進去叫你起床啦，剛好可以讓你試試鬼壓床的滋味。」

「我才不想試……喂，妳幹嘛忽然湊那麼近？」岳景明被許怡琳突然的動作嚇得往後退一步。

「嗯嗯嗯……嗯嗯嗯……我發現了！」許怡琳用著像是解開驚天秘密的語氣說，「你黑眼圈跑出來了！吼，昨晚太晚睡，失眠喔！就跟你說……」

岳景明才不想一大早就聽學姐的碎碎唸，他用最快速度出門，只可惜許怡琳不是那麼簡單就能甩掉的。她就像塊牛皮糖緊黏在他的身邊，即使是開車時也還是叨唸個不停。唸得岳景明頭都大了。

凌晨五點，天空還沒大亮，街上人車更是稀少，整座城市像是大半仍然陷入沉睡中。

岳景明把車停好，朝著早餐店鐵捲門的方向按了兩下搖控器。

隨著「嗶、嗶」兩聲響起，銀灰色的鐵捲門開始卡啦卡啦地往上縮起，逐漸露出後面的玻璃門扇。

「我去附近逛逛喔。」許怡琳拋下一句，就跑得不見蹤影。

岳景明也不在意，反正許怡琳都說了他對她有定位效果，她就算逛到迷路還是有辦法回來的。

兩名工讀生是六點才會過來，在這之前，岳景明先將店內大致地打掃一下，接著開始進行各種備料工作。有不少是昨天就先準備好的，但也有不少東西必須今天早上處理，以確保食材的新鮮度。

岳景明一忙起來，壓根沒留意到時間的流逝，還是女孩子的打招呼聲讓他抬起頭。

「明明早安。」

先到的是綁著馬尾的藍藍，她靦腆地從外頭走進來，把包包放好後就站到煎臺前，開火、淋油，然後打下一排排的蛋。這些都是為了外帶專用的三明治所準備的。

忙著把紅茶裝進保溫桶裡的岳景明已經懶得糾正藍藍的稱呼，反正中午午餐就叫她自己做吧。

小花晚了十五分鐘到。

「嗚啊啊啊……對不起、對不起！」眼看店內的鐘都來到六點十五分，小花哭喪著臉，一踏進店裡就忙不迭跟岳景明陪不是，「我騎車發現油快沒了趕緊去加，結果加油站這個時間點居然好多人！明……岳哥拜托別扣我錢啊！」

「超過半小時就扣了，現在還沒，快點把東西放好，過來幫忙。」岳景明不至於跟工讀生計較這十五分鐘。

一聽到薪水安然無事，小花鬆口氣，趕緊也加入幫忙的行列。

小花剛來沒多久，今天的第一位客人也跟著進來了。這就像是一個訊號，接下來更多的客人開始絡繹不絕地湧入。

等到九點多，客人進來的頻率減少，起碼不再是一來就一窩蜂的人，岳景明他們總算可以稍微喘口氣了。

「哇，明明你好慘啊……」許怡琳不知何時又飄回來，就趴在櫃檯前，露出一雙烏黑的眼睛瞅著岳景明不放。

「別叫我明明。」岳景明壓低音量，白了許怡琳一眼，「自己去找位置坐。」

「岳哥，你剛說什麼？」煎臺前的藍藍離岳景明最近，困惑地轉過頭，「有、有什麼漏掉沒做到嗎？」

「沒事，客人的餐點都出完了，妳和小花自己抓好時間，輪流吃早餐。」岳景明交代著，「等等要是有客人來的話，就先交給我吧。」

「謝謝岳哥！」藍藍和小花笑得特別甜。

岳景明也趁著空檔為自己倒杯冰涼的紅茶，潤潤喉嚨。早上幾個小時下來，他喊單喊得聲音都有點啞了。

正在忙裡偷閒的時候，店外又有新的客人走了進來。

「歡迎光臨！」還待在櫃檯裡的小花立刻精神滿滿地招呼著客人，「阿元哥，今天還是老樣子嗎？」

「欸……今天換一下好了。」理著小平頭，脖子有刺青的阿元是店裡熟客，「今天換吃鮪魚堡加雙蛋，還要加一份培根，再來一杯大冰咖，不加糖。然後漢堡……」

「知道，沙拉多一點對吧。」岳景明將熟客們的喜好都背得差不多，他放下紅茶，自己站到煎臺前，漢堡和飲料則交給小花負責。

岳景明靈活地單手打蛋，另一手則夾出培根兩片，一放到煎臺上頓時發出「滋滋」的作響聲。

「喂，阿明，你們這能借我放傳單讓人拿嗎？」阿元問道。

「什麼傳單？」岳景明將荷包蛋俐落地翻面。

「就宣傳我家通訊行的傳單。」阿元起身在店裡轉了一圈，最末選定煎臺旁邊，專門用來擺外帶三明治的位置，「借我擺這裡，傳單不大啦，大概就這個尺寸……看能不能多招點客人。」

岳景明的目光移到阿元臉上，「你再說一次。」

「嗯？傳單大小嗎？就這樣……」阿元比劃一下，「比我的手再大一點，不會太佔位。」

岳景明在意的才不是傳單大小，「不是這句，是第一句。」

「第一句？我剛第一句說什麼？」阿元摸著他的小平頭，轉向兩位工讀生求助。

「我知道，宣傳阿元哥他家通訊行的傳單！」小花搶著回答，「不過這句話怎麼了？」

「對呀，這句話怎麼了？」阿元不解地看著岳景明，隨後驚悚地發現岳景明看他的眼神突然變得熱烈無比，「喂，岳景明，你沒事吧？」

「沒事，我好得很。」岳景明唇角翹了翹，將蛋和培根鏟起，送到小花手邊，「放傳單可以，不過等等你得幫我一個忙。」

「嗯？喔。」阿元雖然一頭霧水，但還是應了下來。

趁著沒人留意，岳景明飛快地朝許怡琳的方向招招手。

許怡琳疑惑地比比自己，見到岳景明點頭後，這才悠悠飄起，飛到了岳景明的身前。

岳景明在櫃檯後蹲下，假裝是在拿東西，其實是在跟許怡琳說話，「學姐，妳手機是哪一牌的？什麼顏色？」

「我手機是白色的，三星它們家的……怎麼突然問這個？」

岳景明沒有馬上解釋，他眉頭皺得緊緊，「白色、三星……這樣範圍可能還是有點太大，手機上有沒有什麼特別記號之類的？」

「有啊。」許怡琳隨口回答，「有貓貓跟狗狗在上面。」

「妳說清楚一點。」岳景明心中一喜，急忙追問下去，「是怎樣的貓跟狗？貼紙嗎？」

「嗯？對啊，就貓貓跟狗狗的貼紙，我貼在手機背殼上。」許怡琳回憶著，「我記得是橘貓跟哈士奇的大頭貼紙，貼挺久了。你問這個是要……」

「看能不能找回妳的手機。」岳景明也不賣關子，「阿元是開通訊行的，晚點我請他幫忙。」

許怡琳恍然大悟，「你是覺得小偷可能會把我的手機……」

岳景明點點頭。

他知道智慧型手機很少見，價位又高，小偷偷走手機後，很可能會把它拿去變賣成現金。如果請阿元留意一下，也許有機會能發現許怡琳的那支手機。

岳景明其實也清楚，這純粹是賭運氣。畢竟小偷可能早就不在這城市，就算還在，也無法保證對方那麼湊巧會走進阿元開的通訊行裡。

但……就賭賭看吧，看他們的運氣究竟會如何。

「岳哥，需、需要幫忙嗎？」見岳景明遲遲沒站起，吃完早餐的藍藍探頭進來

「不用，我只是整理一下漢堡的順序，已經排好了。」岳景明若無其事地站起。

等到阿元吃得差不多，岳景明這才在他的對面坐下，「幫個忙吧，我有朋友的手機被偷了。三星，白色手機，背面有貼橘貓跟哈士奇的大頭貼紙。要是有看到這支手機……」

「明白。」阿元一點就通，豪爽地比出一個 OK 的手勢，「要是看到有人拿來賣，就通知你對吧。打店裡電話嗎？」

「保險起見，我留我的手機號給你吧。」岳景明拿了一張早餐店名片，在背面寫下一串號碼，「要是方便的話，也跟你的同行們說一下，請他們幫忙留意留意，那支手機對我朋友真的很重要。」

「沒問題。」這對阿元來說只是舉手之勞，他一口應允，然後就得到了岳景明多送的兩杯大冰奶。

雖然說拜託阿元幫忙多加留意，但岳景明也沒抱太大的希望。沒想到隔天中午，阿元的電話就打過來了。

手機鈴聲響起的時候，岳景明正在打薏仁漿，果汁機運轉的嘈雜聲音蓋掉了鈴聲。還是小花幫忙注意到的，「明明，你的手機是不是在響？」

「妳幫我看一下是誰打來的。」岳景明吩咐道。

小花找到了岳景明的手機，發現螢幕上顯示的是一串號碼，「不知道是誰耶，來電顯示沒有名字，只有手機號。」

「先幫我接。」岳景明吩咐道：「問問是誰。」

小花依言接起電話，講了幾句後，她朝岳景明高喊一聲，「是阿元哥打來的！」

岳景明大吃一驚，連忙匆匆關掉果汁機，從小花的手裡接過手機，「我是景明。」

「阿明，你昨天說的那支手機，今天還真的有人拿到我店裡了。」阿元情緒激動地說，「一個年輕男人拿來的，說想賣掉換新機，不過很快又一個女的上門。我猜是他女朋友，看起來還是個大學生，女的不准男的賣，結果兩人在我店裡吵起來，吵到後來，那男的竟然打了女的一巴掌，之後他還想再出手，被我跟小威阻止了。嘖嘖，那男的給人的感覺不是很好，脖子上有刺青，看起來就像是有混過的。阿明啊，你可別跟他扯上關係。」

「我知道，我會注意的。現在人呢？手機呢？」岳景明追問這兩部分。

「手機沒賣，被女的拿走了。聽他們吵架內容，手機好像是女方的，然後那女的就丟下男的先走了。」

「已經走了？」岳景明的語調控制不住地拔高。

「對，大概十五分鐘前走的，不過我有派小威跟在那女的後面。」阿元似乎知道岳景明擔心什麼，快言快語地說道：「剛小威打電話來，說那女的走進一間星巴克了，就在第一圓環附近。」

岳景明只覺自己的心情像乘上一趟雲霄飛車，經歷了大起大落，「第一圓環的星巴克……好，我現在就趕過去。阿元，謝了，下次你來再請你跟小威吃早餐。」

待岳景明結束通話，一轉頭，看見的就是小花和藍藍關心的眼神。

「老闆，發生什麼事了嗎？」

「如、如果有需要幫忙的地方……」

「不是什麼大問題。」兩名女孩的關懷讓岳景明心頭一暖，「不過我得先離開店裡了，薏仁漿就交給妳們處理了。之後要是麵包店打電話過來問吐司和漢堡追加的數量，就再叫五條吐司跟三十個漢堡，紅茶也要拜託妳們再煮一鍋。」

岳景明一邊有條不紊地吩咐工作，一邊快速地抓起包包、鑰匙，大步地往店外走。

還沒踏出店門口，就被小花喊住。

「等等啊，岳哥，要是封大哥來了怎麼辦？」

「叫他自己想辦法。」

岳景明才懶得管封連晨會不會餓死，都那麼大一個人了，現在最重要的是儘快趕到星巴克。當然，還得把許怡琳一併帶過去。

岳景明搜尋一圈，很快就找到許怡琳的身影。她正蹲在別人家種的九層塔前面，彷彿在觀察著植物的生長狀況。

「學姐，走了。」

「咦？要走去哪？」許怡琳詫異地回過頭。

岳景明唇角揚起，目光犀利，「去抓小偷。」

第四章

根據阿元在電話裡的描述，那名拿著許怡琳手機的女孩留著妹妹頭、頭髮染成咖啡色，穿著吊帶褲，上衣是白底加黑色小圓點。

岳景明一停好車，就和許怡琳迅速走進星巴克。

一推開玻璃門，香濃的咖啡香氣頓時撲面迎來，裡頭的座位幾乎都坐滿人，只剩下零星的空桌。

岳景明的目光逐一地掃過那些喝咖啡、看書、聊天，或是用筆電的客人。

緊接著他的瞳孔微縮，眼裡倒映出一名穿著完全符合特徵的女客人。

角落裡的咖啡色短髮女孩絲毫沒察覺到有人正緊盯自己不放，她面前的小圓桌上擺著咖啡跟吃到一半的蛋糕。她低著頭，髮絲遮住臉，手裡正拿著一支白色的手機。

岳景明直覺地認定那就是許怡琳被偷走的手機。

他沒有貿然上前，而是拿出自己的手機，按下一串號碼。

下一剎那，咖啡色短髮女孩手中的手機霍地震動，並跟著響起一串音樂鈴聲。

這突來的變故顯然嚇到女孩，她的臉色驟變，手更是一抖，手機登時掉落在地板上。

手機鈴聲猶在作響。

女孩有些慌張地彎腰，又發現從自己這個角度沒辦法搆到，她只好離開椅子蹲下身。然而手剛要碰到手機，有另一隻手比她快一步地撿起了。

咖啡色短髮女孩下意識仰起頭，垂在頰邊的髮絲順勢滑動，她正想對幫忙的人道謝，卻聽到一句如晴天霹靂的話語落下。

「我朋友的手機為什麼會在妳手上？」

岳景明最先看到女孩臉頰上的淡淡紅印——這或許是她選擇坐角落的原因——接著看到女孩雙眸瞠大，表情轉為慌亂，下一步的行為果然就如他所料，她抓下了椅子上的包包就想跑。

岳景明哪會給她這個機會。

「不想要我大喊有小偷的話，小姐妳最好還是先乖乖坐回去。」岳景明眼疾手快地緊緊扣住女孩的手腕，那力道大得讓她不能掙脫。

岳景明臉上掛著笑，可笑裡的魄力讓咖啡色短髮女孩明白他沒在開玩笑。

旁邊已經有人往這看過來了，似乎好奇這一對男女之間究竟發生了什麼事。

顯然咖啡色短髮女孩也不想讓事情鬧大，她白著臉，神情惶惶地坐回原來位子。

不等岳景明再開口逼問，她壓低音量，心急如焚地說道：「求求你別報警，我把手機還你，我真的不是故意的……我只是……」

「所以妳承認這是妳偷的了。」岳景明一句話就堵得女孩語塞。

但話都說出口了，作為證據的手機還被岳景明扣在手裡，女孩只能僵硬地點頭。

「妳叫什麼名字？為什麼我朋友手機會在妳手裡？最好實話實說。」岳景明毫不掩飾地在手機上輸入了110，隨時都能按下通話鍵報案，「妳看起來還在唸書吧，要是不老實說出來，我不止報警，還會找上你們學校。」

「我說！我說！我叫……黃立婷。」

岳景明的威脅相當有效，馬上就從黃立婷的口中撬出了手機為何會落到她手中的緣由。

就如他和許怡琳最初的猜測，手機是黃立婷偷走的。

她有認識的人就住在許怡琳租的那棟公寓裡，聽聞了許怡琳自殺的消息，正好手邊缺錢，才會一時鬼迷心竅，偷偷潛入許怡琳的房間，從她的遺物中翻找出值錢的物品。

「錢包。」岳景明的手指在桌面敲了敲，「我朋友的錢包也在妳那吧，拿出來，否則……」

眼看岳景明的手又要移到通話鍵上，黃立婷不敢猶豫，急忙從包包裡掏出了一個長夾。

「裡面的錢我花光了……」黃立婷小小聲地說，就怕被附近的人聽見她的自白，「我、我會再補回去的，你千萬別報警。你看，手機跟錢包都還在，你能不能就當這件事沒發生過？」

「也不是不行啦，她看起來挺可憐的耶。」說這話的人是許怡琳，她就蹲在黃立婷的旁邊。

岳景明差點就要被許怡琳氣笑了，他甩了一記凶狠的眼刀出去，黃立婷以為那不悅的視線是衝著她來的，不禁縮著肩膀，腦袋低垂。

妳閉嘴，別插話。岳景明用口形警告許怡琳，再轉向黃立婷問話，「妳說妳缺錢，那手機怎麼沒賣掉？智慧型手機就算是二手的，應該也能賣出一個好價錢吧。」

岳景明可沒忘記阿元在電話裡說的，手機是黃立婷男友拿到通訊行要賣，結果黃立婷衝來把手機搶走了。

岳景明瞄了一眼桌上的咖啡和蛋糕，又不著痕跡地打量起黃立婷全身上下的行頭。星巴克的飲品和甜點價格都偏高，黃立婷腳上穿的鞋子可是大眾都知道的名牌，還有脖子上戴的那條項鍊。

岳景明曾看過工讀生小花戴過一條一樣的，後者笑得甜孜孜，說是男朋友送她的生日禮物，屬於中高價位，存了好幾個月的錢才終於買下來。

黃立婷身上行頭幾乎都是名牌，怎麼可能需要這點小錢？

但很快的，岳景明又推翻了這個想法。還有一種可能，黃立婷是寧可縮衣節食也要去買名牌的類型。

但是不論黃立婷是真缺錢還是假缺錢，她一定有什麼不可告人的理由，才不願賣掉那支手機。

岳景明耐心等著黃立婷的解釋。

黃立婷的眼睫飛快地眨動幾下，「我……我那是因為，因為去的那家通訊行開的價格太低了，簡直像在故意坑人，才會想說乾脆先留著。」

「她騙人的對吧。」許怡琳這下子也察覺出黃立婷語氣的不自然，「她偷我東西有別的理由吧。岳景明，妳快問她，快問她到底想幹嘛？」

岳景明沒有再追問下去，反而是換了一個態度，讓他看上去像是被黃立婷的說詞說服了。

「偷東西是不對的，但既然東西沒被妳真的賣掉……」

「對、對啊！手機還好好的，錢包裡的錢……我現在就賠給你！」看出岳景明的立場鬆動，很可能放棄再追究，黃立婷連忙從皮夾裡拿出三張千元大鈔，「我發誓我拿到錢包的時候，裡面就只有三千元，錢包裡的其他東西我都沒動過。」

岳景明先前在幫忙整理遺物時，有確認過許怡琳錢包裡的內容物，的確有三張千元鈔。在這件事上，黃立婷倒沒騙人。

見到岳景明把錢收下，黃立婷緊繃的身子也跟著放鬆，願意收錢就表示對方沒有要死咬著這件事不放了。

她也不敢繼續在這地方多逗留，萬一這男人突然又改變主意了怎麼辦？她一點也不想被警察找上門。

「那……我先走了。」黃立婷緊張地盯著岳景明的表情，看到他頷首後，趕緊用最快速度背起包包，剩下的咖啡和蛋糕被她放到回收臺上。

她匆匆地走向大門口，在推開大門之前還忍不住回頭望了岳景明所待的方向一眼。

蓄著小鬍子的高瘦男人還坐著沒動，但目光和她遙遙對上。

黃立婷心頭一跳，狼狽地別開臉，幾乎是逃離般地跑出了星巴克。

她不知道，岳景明沒動，可另一個人早就動了。

許怡琳就亦步亦趨地跟在黃立婷的後面，和她一起離開了星巴克，消失在岳景明的視野內……

許怡琳這一消失，就消失了好幾天。

岳景明知道她是為了監視黃立婷的日常生活，好從中找出任何可疑的地方，因此也不為她的杳無音訊而擔憂。

當許怡琳在忙的時候，岳景明自己也沒閒著。

他先檢查起那支被尋回的白色手機。

初步看下來沒什麼問題，沒被還原成原廠設定，相簿裡留著不少照片，有許怡琳的自拍，但更多的是她與家人朋友。

至於照片有沒有少，這部分就得等許怡琳回來才有辦法知道。

通訊錄一排聯絡人也都在，許怡琳有做分類，同學、老師、家人等等都被她分劃出來，簡單明瞭。

同樣的，聯絡人有沒有不見也必須等許怡琳自己確認。

最大問題出在通話記錄上。

點開通話記錄的頁面，裡頭是一片空白。很明顯就是遭到刻意清理，才會如此乾淨，連點痕跡都沒有留下。

岳景明咂下舌，這要不是有人想故意隱瞞什麼，他的名字……算了，還是把封連晨的名字倒過來寫吧。

所以是那名女大學生把記錄刪掉的嗎？

照這方向推論，除非那當中有她的電話號碼，否則她為什麼要這麼做？

可是……許怡琳看見黃立婷時沒半點反應，完全就是看待陌生人的模樣，當然也不排除許怡琳連這段記憶也失去了。

岳景明感覺腦子裡像有一團亂糟糟的毛線球，要將它們全部理順不知道要花多少時間，於是他選擇最簡單的一項工作來做。

找回通話記錄，弄清楚這段時間以來有誰跟許怡琳有過聯絡！

這部分岳景明有經驗，他自己就申請過了。只要上網填寫——好在許怡琳雖然忘了不少事，但沒把自己的會員密碼忘掉——按照步驟認證，當天就能在電子信箱裡收到一份檔案。

明細來得很快，岳景明送出申請，大約一個多小時後就收到。

岳景明點開文件一看，裡頭是這半年內以來的通話記錄，許怡琳曾經打電話給哪個號碼都寫得明明白白。

看著那密密麻麻的成堆數字，岳景明揉按額角。找回記錄簡單，但要從這堆電話號碼中篩選出可疑的傢伙，這可真的是大工程了。

岳景明開著明細記錄，將許怡琳的手機擺在一旁，先把曾經出現在通訊錄裡的號碼挑出來，再把剩下來的不明號碼放到另一份文件。

一路整理下來，岳景明的眼睛都要花了，好在成果還是有的。

經過篩選，岳景明發現沒有被記在許怡琳通訊錄上的號碼有十八個，他再試著將這些號碼丟上網路搜尋，又剔除掉四個屬於銀行的。

眼看時間不知不覺都晚了，岳景明伸伸懶腰，決定等明天下班再來逐一將剩下的這十四支電話都打過一輪。

當然，是用許怡琳的手機打。

看看究竟誰的心中有鬼。

身為真鬼的許怡琳還在外面遊蕩。

或者說是跟著黃立婷遊蕩。

從離開星巴克那天開始算起，她跟著黃立婷兩天了。除了洗澡和上廁所外，她都緊黏在對方的身邊，監視著她的一舉一動。

只要一有可疑之處，她就馬上衝回岳景明那邊，找他出馬。

沒辦法，自己雖然成為鬼了，但也沒什麼特殊技能。移形換物、隔空取物對她來說都是不可能的任務，更遑論是引發所謂的騷靈現象。

電視電影都是騙人的，鬼才沒那麼厲害呢！

許怡琳扳著指頭數了數，悲傷地發現自己唯一特殊一點的，估計就只有可以輕易穿牆，不被任何障礙物阻擋這點吧。

可惜就連這似乎能拿得出手的一點，過不久也被推翻了。

此時許怡琳正尾隨在黃立婷的後面。

根據這兩天的觀察，黃立婷看起來就是普通的大學生，就讀的是市裡一所私立大學。平時生活也單純，白天不是去學校上課就是去男友工作的地方探望。

黃立婷如今是和男朋友住在一塊。

她的男友比她大上幾歲，叫作陳河森，是一間機車行的老闆，個子高瘦、皮膚黝黑，頸側有刺青。

雖然陳河森之前與黃立婷吵過架，還打了她一巴掌，但他低聲下氣地好生安撫後，黃立婷對他的冷戰很快就結束了。

除了觀察到小倆口重歸於好，許怡琳還發現這兩人似乎是不太愛倒垃圾的類型。鄰居總是會皺著眉頭跟黃立婷抱怨，臭味都從院子裡飄出來了——陳河森看起來不好惹，他們就專挑黃立婷出門時跟她講。

黃立婷會陪著笑臉道歉，然後轉頭就垮下臉嫌棄鄰居的多管閒事，當然也不忘叨唸陳河森總是要積一堆垃圾才肯拿去倒的壞習慣。

「妳也可以自己倒嘛。」許怡琳嘀咕。

她跟著黃立婷離開家，來到了陳河森的機車行。

機車行不算大，就一間小小的店面，外頭擺放著幾輛嶄新待售的機車，屋內是用來維修機車的場地，兩側的架子上擺滿各種零件和不同品牌的機油。

還有一小塊牆面被特地空出來，上面貼著尋貓尋狗的海報。

貓是橘貓，狗是小隻的哈士奇，正好跟許怡琳手機背後的貼紙圖案類似，這讓她忍不住多看了幾眼。

黃立婷今天沒課，中午就拎著飲料和便當到機車行，為陳河森送午餐。小情侶的感情甜膩膩，尤其陳河森還嘴甜地一直哄著黃立婷，絲毫想像不出前幾天他還氣沖沖地打了她一巴掌。

許怡琳自動離那兩人遠一點，但又不會遠到聽不見他們的談話內容，她單純就是不想看他們在那你儂我儂地吃飯而已。

陳河森將雞腿的骨頭吐到一旁，抓了張衛生紙擦擦嘴，問起自己的女朋友，「妳下午是不是要過去那邊一趟？」

「對啊，說好今天會過去那邊幫忙。」黃立婷把不想吃的蔬菜撥到陳河森那邊，「應該也不會待太晚吧，就掃掃地，整理整理東西之類的……五、六點前就會回來了。」

許怡琳的耳朵不禁豎起來。那邊？是哪邊？黃立婷要去什麼地方？

可惜黃立婷和陳河森很快又聊起其他話題，讓許怡琳怎樣也猜不透，只能任憑膨脹的好奇心像貓爪在她心底拚命撓。

黃立婷沒有在機車行待太久，陪男朋友吃完飯後她把東西收拾收拾，又拎起了她的小包包離去。

許怡琳迅速跟上，發現黃立婷走到街口的公車站牌就停住不動，看樣子是準備在這等公車。

陸陸續續有多輛公車在這裡停靠，但沒有一臺是黃立婷要搭的。

許怡琳無聊得開始數起路上的車子，正當她數到第四百四十四臺，又一輛公車開過來了。

許怡琳以為黃立婷可能還是站著不動，沒想到對方倏地舉高手，朝著公車的方向揮了揮。

這是要搭車的意思！

許怡琳的精神一振，看見七十五號公車慢慢地往路邊停靠。

公車門一打開，黃立婷馬上踏上臺階，許怡琳也跟隨在她的後面。然而她才剛往車門的方向一飄過去，一道無形的障壁頓時將她彈開來。

許怡琳大吃一驚，又再次上前，卻得到同樣的結果。

有看不見的東西阻擋了她的前進。

許怡琳試圖從窗戶的位置入侵，依然感受到一股阻力。她不死心地想從擋風玻璃的方向穿進車裡，但這次反彈的力道更大，竟是直接將她整個人震開。

許怡琳跌坐在馬路上，仰高的臉蛋上滿是錯愕之情，大睜的眼中除了倒映出司機的身影……還有垂掛在後視鏡底下的一串平安符。

先前穿牆穿人穿得太習慣了，她都忘記了，原來平安符是可以擋下她的。

因為太過錯愕了，許怡琳一時間忘記她雖然不能進公車，但她其實可以飄著追上去，看看黃立婷是在哪一站下車的。

然而等她反應過來時，公車早就開走了，連車屁股都看不見。

週六早上的美又美也是客人絡繹不絕，尤其是十點、十一點，人反而變得更多，不少人都習慣在假日晚起，吃早餐的時間自然也跟著延後。

岳景明忍住打呵欠的衝動，和工讀生小花分工合作，將做好的餐點送到客人桌上。好不容易終於等到人潮變少，店內只剩下零星的一、兩位客人，不論是岳景明還是兩名工讀生都快累癱了。

他們逮著空閒時間坐下休息，喝著冰涼的飲料補充水分，順便驅散熱意。

雖說十月是秋季了，但早餐店的櫃檯內可是悶熱得很，尤其是煎臺前，就算說是火爐也不為過。

藍藍的一張臉都熱得通紅了，額角的髮絲也被汗水浸溼，貼黏在皮膚上。

「等十二點半，我們就開始收。」沒客人看到，岳景明也不再忍著他的呵欠。他捂著嘴，手掌後的嘴巴張得老大，連帶地讓他的最後一句話也變得含含糊糊。

但小花和藍藍誰也沒有聽漏，她們的眼裡亮起期待光芒，恨不得時鐘的指針走快一點，讓十二點半趕緊到來。

岳景明很有原則，他說收工就收工，就算十二點半後還有客人上門，他也會客氣但堅定地拒絕再收單。

唯一的例外大概就只有封連晨了，畢竟他和岳景明的交情不同。

看見岳景明又打了一個大大的呵欠，小花疑惑地問道：「岳哥，你昨晚是多晚睡？沒睡飽嗎？」

「也沒多晚，就和平時差不多……」岳景明揮揮手，沒多作解釋。

許怡琳不在的這幾天，他都在忙著打電話，想從通話明細上挑出來的那幾支號碼尋找出相關的線索。

有人接到電話是一頭霧水，但在岳景明說明緣由後，還是努力回想自己是不是曾打過許怡琳的手機。

但這只是極少數。

大多數都是在聽完岳景明的話後，就不耐煩地說不記得了，隨後直接掛掉電話。還有的人是連接也不接，之後不管再打幾次都是只響一聲，便轉進語音信箱裡，擺明就是將許怡琳的手機封鎖了。

岳景明把封鎖人的這幾支號碼記下，覺得許怡琳的自殺說不定跟號碼的主人有沾上關係，否則對方的反應為何會像是避之唯恐不及。

只是號碼的主人是誰，這又是碰到一個死胡同了。

岳景明捏捏眉心，暫時把這疑問放一邊，等許怡琳回來再問問她有沒有印象。

剛想到許怡琳，熟悉的慌張叫喊聲就傳進岳景明的耳中。

「岳景明！明明！學弟！快快，江湖救急啊！」

岳景明一抬頭，就看到許怡琳快速穿過小花和藍藍的身體，飛撲到他的面前。

岳景明看清許怡琳的表情就知道出事情了，未免被兩名工讀生察覺不對勁，他連忙往後面走，一邊用眼神暗示許怡琳跟上來。

「怎麼了，在黃立婷那邊發現什麼了嗎？」岳景明壓低音量，保險起見，他還拿著手機放在耳邊，營造出跟人說話的假象。

如此一來，就算小花或藍藍進來，也不會以為他是在對著空氣說話，進而擔心起他的精神狀況。

「黃立婷這兩天不是在學校就是去她男友開的機車行，不然就是待家裡，今天她忽然搭公車要去某個地方。」許怡琳語速飛快地說，每個字就像子彈射出來，快得讓岳景明差點追不上，「她在溪南上車，搭七十五號公車。我本來想跟上去，可是車上有平安符，我被彈出來後嚇了一跳，忘記追上去了……」

岳景明當機立斷，再次把收店的事交給兩名工讀生，抓起鑰匙就匆匆地往外跑。

差點撞上了過來蹭中餐的封連晨。

保險業務是沒有假日的，就算是週六，封連晨還是帶著他的公事包出門。

「學……」封連晨連話都來不及講完，就被岳景明一把抓住，強行把他拉到車上去。

車門一關，封連晨才回過神，繃著臉問道：「學長，你這是……綁架嗎？我只是想吃個飯，用不著把我帶去賣掉吧。」

「你以為你能賣多少錢啊？」岳景明發動引擎，踩下油門，對他嘀咕著的那句「賣很多錢」充耳不聞，「有帶筆電在身上吧，快幫我查一下公車路線，七十五號公車，往……」

「往火車站方向的。」許怡琳現出身形，「學弟，快快，快點查一下，很重要的！」

即便不是第一次見到鬼魂狀態的許怡琳，但她無預警這麼一出現，還是讓封連晨的心頭一跳，驚呼聲險些衝出喉嚨。

但封連晨瞬間就調整好表情，「查公車路線？學姐是想起什麼還是發現什麼了？」

「找到一個可能的相關人士，現在就是要查出她搭公車去了哪裡。」岳景明說道：「一個女大學生，她溜進屋子裡偷走了學姐的手機跟錢包，東西我追回來了，但她的說法很可疑。」

「所以你們懷疑她跟學姐的自殺有關聯？」

「手機裡的通話記錄全被人刪除了，最有可能就是黃立婷……就是那個女大生做的。」岳景明說出了自己的發現。

許怡琳也是現在才知道，「我的記錄被刪了？她為什麼要這麼做？」

「我要是知道就好了。連晨，你那邊找到路線圖了沒有？」岳景明從後視鏡瞄了後座的封連晨一眼。

「七十五號公車往火車站方向的路線調出來了，但中間停靠的站太多。」封連晨抱著筆電，「她是哪一站上車的？」

「溪南！」許怡琳馬上回答。

「那到終點站之前，起碼還有二十二個站……還有更多的線索嗎？」

「我想想……黃立婷有提到要去幫忙，可能會待到五、六點，會在那邊掃掃地，整理東西。」

幫忙、掃地、整理……

這三者太籠統了，而且牽扯的範圍又太大，黃立婷可能去朋友家幫忙打掃，也可能去某機構做清潔工作。

岳景明與封連晨看著路線圖上的各個停靠站，裡面有寺廟、圖書館跟小學，思緒一時陷入了瓶頸。

許怡琳摸摸下巴，「我在黃立婷的房間裡有看到廟的照片，她電腦桌布也是一座廟，你們覺得她去寺廟的可能性大不大？」

「寺廟？」封連晨逐一地掃視過路線圖上的各個停靠站，最末在其中一個點停住，「聖輝禪寺？」

兩人的對話就像是一道閃電落入岳景明的腦中，一段記憶跟著浮現。

他在整理許怡琳的遺物時，曾看見數本經書。

他那時沒多想，只以為是許怡琳用來作為心靈慰藉。但假如黃立婷和許怡琳生前真的有關係，會不會……

許怡琳自殺前也曾經去過聖輝禪寺？

第五章

聖輝禪寺外觀巍峨大氣，紅漆柱子和橙橘色的飛簷極為醒目，鮮紅的匾額掛在一樓，上頭題著金色的「聖輝禪寺」四個大字。四周圍了一圈綠籬，不僅是在前面圈出屬於院子的空間，也和兩側的建築物劃分開來。

岳景明將車臨停在聖輝禪寺的對面，看見寺廟裡有不少香客，門外還有一名穿著背心的志工在清掃庭院。

那人看上去格外眼熟。

「啊！」許怡琳眼尖，立即認出那張側臉，「是黃立婷！」

「還真的是在這裡。」岳景明慶幸他們沒找錯地方，「學姐，妳對這地方有印象嗎？」

「你說這裡？」許怡琳探頭出去，一顆腦袋直接穿過了車窗玻璃。好在沒其他人能看見她，不然這一幕肯定嚇壞路人，「我不知道……我不記得了，我不曉得有沒有來過……」

聽出許怡琳的語氣越發茫然，岳景明也不再追問，他朝封連晨使了個眼色，「你想辦法去拖住那個黃立婷，我找好車位再過來。反正別讓她注意到我進去裡面，我負責去找其他人問問她到底和學姐有沒有關係。」

「知道了，明天午餐我要吃好一點。」封連晨本來下垂的嘴角上揚，一個斯文俊雅的笑容登時浮現，走出去輕易就能吸引女性的注意力。

「嘖，你是嫌棄我平常煮的不夠好嗎？」岳景明給了一枚白眼，「快下去發揮你的魅力，搞砸你就連午餐都沒得蹭了。」

目送封連晨過了馬路，走向聖輝禪寺，岳景明轉頭看向許怡琳，「學姐妳呢？」

「我……」許怡琳縮回身子，坐回副駕駛座上，「我沒辦法……寺廟這類的地方，我應該沒辦法進去，我的直覺是這麼告訴我的，我在外面等你們就好。」

「好，那妳別亂跑，自己找個陰涼的地方待著。」

「噗，我現在又不怕熱。而且你那語氣，是把我當三歲小孩嗎？我可是學姐耶！」

「是是是，學姐妳先下車吧，我去找車位，我可不想紅線被開單。」

等許怡琳飄出車外，岳景明便開著車去尋找車位。幸好聖輝禪寺附近就有一個停車場，距離不遠，走過來只要五分鐘。

岳景明來到聖輝禪寺的大門外。

本來在掃地的黃立婷成功被封連晨吸引了注意力，連手上的工作都忘了，態度熱絡地與封連晨攀談。

岳景明把握機會，快步從黃立婷的身後走過，進入寺裡之前不忘對封連晨比出一個「幹得好」的手勢。

進入大殿，除了進來參拜的香客外，還能見到幾位比丘尼走動。莊嚴的頌經聲迴盪在寺裡，線香的沉郁香氣瀰漫各處，讓人的一顆心似乎也隨著這味道沉澱下來。

岳景明在佛像前拜了拜，拜完後在殿內四處探望，一瞧見有個志工正好走進殿裡，他臉上立即堆起了笑上前與對方搭話。

他先是詢問最近要舉辦的法會場次，接著又問起了捐款一事。

志工聽到「捐款」兩字，笑得更加親切，熱情地說明細項。或許是覺得岳景明很投自己的緣，志工話匣子一開，與他聊起了天。

「師姐，我看禪寺裡的志工都是像妳這樣年輕，你們寺裡是不是有年齡限制，我這個快三十的也可以來當志工嗎？」岳景明開玩笑地說。

「哎唷，我都四十幾歲了，哪裡年輕。」女志工摸著臉頰，笑嗔道。

「真的假的，我還以為師姐比我小呢。」岳景明故作驚訝地說：「師姐保養得真好，看起來就跟大學生差不多。」

「這樣說就太誇張了啦。」女志工嘴上雖然這樣講，但一雙眼都笑瞇了起來，「我哪比得上真正的大學生啊。」

「這裡的志工也有大學生？」岳景明隨口問道。

「有喔，就是立婷師姐。」女志工指著門口方向，「她先前在那邊掃地，你應該有看到。」

「原來就是她，」岳景明恍然大悟，「沒想到現在的大學生這麼熱心，沒課的時間會來禪寺這邊幫忙。」

女志工不禁失笑，「怎麼可能，大學生下課後玩都來不及了。立婷師姐算是特例，她是妙心師姐帶進來的，對佛祖很是虔誠。」

「妙心師姐？」岳景明忍不住複述了一遍，暗暗將這名字記在心裡。

「妙心師姐是我們寺裡的資深比丘尼，跟在聖雲法師身邊一起修行，對我們志工都很親切、很照顧。」注意到岳景明對「聖雲」兩字流露出的些微困惑，女志工解釋道：「聖雲法師就是我們禪寺的住持與創辦人，佛法非常高深。有機會的話，你一定要過來聽他講經開示，會有不一樣的體悟。」

「講經嗎？我有個朋友對這方面的事很有興趣，我到時會跟她說……啊。」岳景明語氣一頓，「說不定她其實有來過，她之前還提過有到某間寺廟當志工呢。」他拿出許怡琳的智慧型手機，點開她的自拍照。

女志工湊近看「好像有點眼熟。」

「真的嗎？」岳景明抑住激動，「沒想到這麼巧，她來當志工的就是這間禪寺。」

「老實說我有點不太確定，不過陳師姐應該會知道。她每天都來寺裡打掃，認識全部的志工，你如果去後院的話，就有可能會遇到她。」

「這樣啊，謝謝師姐。」岳景明道過謝後，又與女志工閒聊一會兒才藉故要去上廁所，打算從對方的熱情中脫身。

「廁所在走廊那邊。」女志工指著路，還不忘提醒他，「你會先經過茶藝教室，接著就會看到廁所。」

「這裡有茶藝教室？」岳景明有些訝異地問。

「是啊。」女志工笑著說道：「法師會在這裡請信徒喝茶，開示她們。不過年輕女生大概對喝茶沒興趣，喜歡更時髦點的飲料，所以都不大願意進去坐。」

隨著時間的流逝，封連晨感覺自己的耐心在逐漸降低，但表面上仍是掛著完美無瑕的笑容，讓人難以看出他此刻真正的心情。

在他對面的黃立婷就完全看不出來。

還是她自己講到有些口乾，這才猛然意識到自己一直拉著這名男人說個不停。

「啊，不好意思，我好像講太久了……」黃立婷的臉頰微紅，可眼神還是捨不得從封連晨的臉上移開。

「沒關係，聽妳說這間禪寺的歷史也很有趣呢。」封連晨即使滿腹不耐，也不會流瀉在外，「我第一次來這裡，方便的話，妳可以帶我參觀一下嗎？」

「方便、方便，當然方便！」黃立婷的雙眼放出亮光，迫不及待地領著人走入禪寺裡，「我們這裡有三層樓，參拜和法會舉辦主要在一樓，二樓是會議室跟辦公室，還有幾間教室……平時也會讓民眾租借使用，三樓就沒對外開放了。」

「妳常來這裡幫忙嗎？」封連晨像不經意地問，「好像不常看見像妳這麼年輕的女孩子在寺廟裡當志工。」

「我主要是假日會過來，通常會待到五、六點左右吧。」黃立婷笑咪咪地說，「這裡的師父人很好，待人也很親切，有機會的話你也可以來試試喔。」

封連晨只是微笑帶過這個話題，他對當志工可一點興趣也沒有。

「如果你對當志工有興趣的話，可以聯絡我。」黃立婷拿出紙筆寫下一串數字與英文，有些忸怩地說：「這是我 MSN，你有需要的話……」

遞交紙張的這一瞬間，她袖子縮起，不經意間露出手臂上的青紫痕跡。

封連晨的眉頭微不可察地皺了下。她手上的是……瘀青？

但他很快就壓下疑惑，接過紙張，微微一笑，「嗯，我會加妳的。」

黃立婷臉上的紅暈更深了，她連忙輕咳一聲，若無其事地繼續導覽起來。

她帶人往禪寺後面走，介紹道：「我們寺裡的後院景觀很漂亮喔，住持喜歡風雅，所以特地找人弄了小橋流水的造景，種的植物也會配合季節變化。你看，就在……」

黃立婷興致勃勃的話聲倏地一頓，她睜大眼，發現後院裡還有其他人待著，一人穿著和她相同的背心，說明了志工的身分

她也認識，那是每天都會過來的陳阿姨。

但關鍵是陳阿姨旁邊站著的那人。

就算只有一面之緣，黃立婷也不會認錯，那分明是前幾天在星巴克裡碰上的那個男人！

黃立婷不知道自己的臉色在瞬間變得難看，她感覺胃部一陣緊縮，在她反應過來之前，她的身體已經率先行動了。

禪寺後面有一座佔地寬廣的院子，裡頭布置風雅，小橋流水，旁邊栽立著多株蒼鬱大樹。在光影映照下，落葉時不時飄落，顯得頗有意境。

岳景明的心思沒有放在欣賞園藝造景上，他一眼就瞧見了前方石板小徑上的一名志工。

那是一名年約六十歲左右、戴著眼鏡的女性，身上穿著聖輝禪寺的志工背心。她本來在忙著清掃路上的落葉，隨即就發現有人往自己這邊走來。

陳阿姨抬起頭，一看來人的打扮，就知道不是寺裡的人。看他手上也沒拿香，很可能是拜完後隨意走走，或是想尋找洗手間的香客。

「有什麼需要幫忙的嗎？」陳阿姨熱心地主動開口，「如果要找廁所的話，要從另一邊……」

「不是，我不是要找廁所的。」岳景明打斷了陳阿姨的講解，他拿出在早餐店應付婆婆媽媽的笑容，「妳是陳師姐嗎？是正殿裡的師姐介紹我來後院找妳的。」

「找我？」陳阿姨愣了下。

「是啊，那位師姐說妳認識全部的志工。」岳景明簡略地說了下與那位女志工的對話。

「原來如此。」陳阿姨推了推眼鏡，「讓我看看照片。」

岳景明拿出手機，調出了許怡琳的照片。

陳阿姨有點老花，她接過手機，稍微推高了鏡片，半瞇著眼睛努力打量，「她嗎？好像有印象……」

岳景明心下一喜，但也不急著出聲催促，而是耐心等待陳阿姨回想起來。

「啊啊，我記得了！」陳阿姨恍然大悟，「這不是那個怡琳嗎？對啦，是她，她以前很常來。」

陳阿姨這句話證實了岳景明先前的猜測。

許怡琳真的來過聖輝禪寺。

「以前很常來，後來就沒再過來了嗎？」岳景明故作好奇地問。

「是啊，已經好幾個禮拜都沒看到她了……」陳阿姨皺著眉頭，「但我也不是很確定，說不定是跟她錯過了……不然等等你問……啊對了，問問看立婷吧！」

「立婷？黃立婷？」岳景明下意識問道。

「對對，就是黃立婷。你也認識她喔？那就簡單了。」陳阿姨笑咪咪地為岳景明指引，「她今天也有來這裡幫忙，她跟怡琳的感情應該不錯，說不定她知道怡琳有沒有來。她應該在大門……欸，你進來要是沒看到她的話，可能是在……」

「陳阿姨！」

突來的大叫打斷了陳阿姨的話。

陳阿姨驚訝地回過頭，發現是剛提到的黃立婷正快步往他們這跑來。

「立婷啊，妳來得正好！」陳阿姨也沒想到那麼巧，連忙熱情地一把握住黃立婷的手，把她拉過來，「這個先生在問怡琳的事，我記得妳跟她蠻要好的是不是？妳知道……」

「妳……」黃立婷的臉色變換多次，費了好大的心力才沒將「妳都跟他說了什麼」這句話喊出來。她做了個深呼吸，努力控制著臉上的表情，將自己的手用力扯回來，「謝謝妳喔，陳阿姨。接下來我跟他說就好。你……」

「我姓岳。」岳景明還是掛著微笑，但明顯沒了方才應對陳阿姨的熱情。

「岳先生，我們去那邊說吧。」黃立婷匆匆回望後方一眼，封連晨還站在那。

那名好看的年輕男人對她擺了下手，體貼地說，「妳有事先忙吧，我自己逛就可以了。」

黃立婷有些遺憾不能再和封連晨多相處，對岳景明的到來不由得升起幾分怨惱。可接著她又想到陳阿姨已經把自己認識許怡琳的事說出去了，她感到後腦傳來一絲漲痛，卻又不得不打起幾分精神，準備應付岳景明的責難。

果然，當他們站到一處無人打擾的角落，那名留著小鬍子的男人就沒了笑意，神色甚至稱得上有些陰沉。

「黃立婷小姐，我想妳應該給我一點解釋。」岳景明不笑的時候，氣勢還是挺唬人的。尤其他個子高，居高臨下看人時更是容易帶給人壓力，「除非妳希望我找上妳的學校，也許我可以跟妳的同學或老師談談妳偷東西的事。」

「你不可以！」黃立婷神情大變，「我手機已經還你了，你現在也沒證據……」

「如果妳不把事情說清楚，我就可以。」岳景明冷笑，嚇唬起黃立婷也不客氣，「妳以為真的沒證據嗎？妳男朋友去過的通訊行碰巧是我認識的人開的。他店裡有監視器，可是把妳男朋友想賣手機，而妳又搶走手機的畫面都拍下來了。只要我去請人幫忙調閱……」

黃立婷的臉都白了，她沒想到事情會那麼剛好，她和男朋友去的通訊行竟然是岳景明朋友開的！

怪不得那一天岳景明可以這麼快在星巴克堵到她！

「求求你別那麼做……」黃立婷小聲哀求，「我不是故意要騙你的……我的確是認識許怡琳，我們是在這裡一起當志工認識的。」

「所以妳偷了妳朋友的手機？」

「我……我那是……」黃立婷不禁支支吾吾，臉蛋也漲得通紅，似乎明白自己做的事上不了檯面，「我只是一時因為缺錢昏了頭，才會……」

「妳說謊。」岳景明的態度咄咄逼人，「妳要是缺錢，怎麼不第一時間把手機賣了？那可是智慧型手機。」

「因為、因為……通訊行開的價格太……」黃立婷的聲音越來越小，她想起通訊行的老闆就是岳景明朋友，對方肯定把當時的狀況都告訴他了。

黃立婷的腦袋垂得低低，彷彿難堪得不敢再抬起頭。

岳景明在這時又緩和了語氣，「真正的原因，可以告訴我嗎？我只是想弄清楚為什麼而已。」

「她……」黃立婷囁嚅了好半晌，才總算斷斷續續地擠出句子，「她自殺了……我們擔心會被人誤以為這事跟我們有關。」

「什麼意思？」岳景明神色一凜，身體也不自覺繃得緊緊。

「就是……」黃立婷抬起頭，她舔舔嘴唇，音量壓得更輕，確保只有面前的岳景明能夠聽見，「許怡琳自殺前曾經糾纏過我男朋友，就九月多的事……也許你不信，但我沒必要在這種事情上騙你。我和許怡琳本來感情也不錯，她是個待人很親切的姐姐，可是後來我帶男朋友跟她見面後，她、她……她居然……」

黃立婷像是難以啟齒，直到岳景明逼問一句她怎樣，才下定決心地把後半截的內容都說出來。

「她勾引我男朋友……還不止一次。阿森，就是我男朋友也被她嚇到，還叫我趕緊跟許怡琳斷掉關係，說這種人的人品有問題。但我和許怡琳都在這裡當志工，我也不好意思跟她鬧得太僵，就委婉地跟她說了。她說這是誤會，可是暗地裡又繼續糾纏阿森，一直打電話或發訊息騷擾……阿森最後受不了，就罵了回去，然後把她封鎖，沒想到後來就聽到她自殺的消息……」

黃立婷覷了面無表情的岳景明一眼，拿捏不定他現在的狀況，可有件事情她還是必須說出來，以免對方再繼續產生無謂的誤會。

「我們也沒想到會發生這種事，阿森明明也沒做錯什麼，但萬一有人將許怡琳自殺的事怪到他身上……所以我們才決定偷走她的手機，把裡面的通話記錄全刪了。」

聽完黃立婷的解釋，岳景明只覺胃部像塞滿大量石頭，沉得只能直直往下墜。

他和許怡琳認識那麼久了，不認為對方會故意去搶一個小女生的男朋友，偏偏黃立婷的說法又有理有據。

而且，感情糾紛是發生在九月多……時間點上和管理員曾提過許怡琳當時狀態不好正巧符合。

情感上，岳景明不相信自己的學姐是這樣的人，理智上卻又說著萬事皆有可能。

在兩方拉鋸之下，岳景明的臉色也越來越難看。

黃立婷被岳景明駭人的神情嚇到，她慌張地往後退了幾步，「我、我把我知道的都說出來了，你別再找我了！」

黃立婷越退越大步，當和岳景明拉開到一定的距離後，她轉身就跑，一溜煙跑出這座後院。

岳景明沒有追上去，他想問的都問到了——即使那不是他所願意聽見的答案。

岳景明在原地杵了好一會，當沸騰的腦袋重新冷靜下來後，他用力抹了把臉，從手掌後露出的眼睛沒了迷茫，再次恢復堅毅。

就是因為相信許怡琳不可能是那樣的人，才更要為她找到真相。

黃立婷那邊，既然她咬死了這個說法，大概也很難再挖掘出其他的。要想確認她究竟有沒有說謊，得從另一邊下手。

黃立婷的男朋友，陳河森。

岳景明頓時慶幸起之前有讓許怡琳盯著黃立婷的去向，到時就能得知陳河森的機車行是開在哪裡了。

在心中盤算起下一步的計畫，岳景明往禪寺外的方向走出去。

在寺裡他沒看見封連晨的身影，不知道是先出去了，或是還在寺裡的某個地方。他發了條簡訊給封連晨，告訴對方自己的車停在何處。

岳景明剛踏出聖輝禪寺的大門範圍，一直守在外邊的許怡琳馬上像炮彈撲來，對邊的馬路同時有車快速行駛過來。

這一幕嚇得岳景明險些驚呼出聲，直到他看見許怡琳輕鬆地穿過車子，撲向了自己。

「下次先看有沒有車再過馬路，這可是國小學生都知道的事情！」岳景明惱怒地罵道。

「哎唷，但我又不會真的被撞到，小明你操心過度，小心老得快喔。」許怡琳一派輕鬆地說。

「囉嗦，我這都是為了誰……」岳景明嘟囔幾句，心裡也知道許怡琳說得沒錯，如今已經是鬼魂的她根本不怕會被車子撞到。

但即使如此，方才那一幕還是讓他的心跳忍不住加快失速。

「好啦好啦，下次我會多留意一點的。別板著臉，笑一個囉。」許怡琳作勢要拉起岳景明的嘴角。

岳景明往旁閃躲，逕自往停車場的方向走。

「如何？有發現什麼嗎？」許怡琳自然是跟在岳景明的身後飄，「有從黃立婷的嘴裡撬出什麼秘密嗎？」

「還撬咧，妳當我是對她嚴刑拷打嗎？」岳景明吐槽，「不過她的確有說了點東西。」

「什麼？什麼？」許怡琳的精神一振，「別吊我胃口了，快告訴我啊！」

「回車上再說。」岳景明才不想因為看起來一路都在自言自語，被人當成精神有問題。

待車門關上，許怡琳忙不迭地伸手搭上岳景明的肩膀，「小明，小明明，可以說了吧……欸，等等，另一個學弟呢？怎麼沒跟你一起？」

「妳現在發現也太晚了吧……」岳景明為許怡琳的後知後覺翻了下白眼，「反正不會走丟，晚點就回來。我先問妳，妳真的不認識黃立婷或陳河森嗎？」

「我應該要認識他們嗎？」許怡琳一臉茫然。起初她沒反應過來，但發現岳景明的眼神相當嚴肅後，她霍地意識到某件事，「他們……認識我？」

「對，那個黃立婷和妳是在聖輝禪寺裡當志工認識的，別的志工也是這樣告訴我，這部分應該沒錯。」岳景明說道：「學姐，妳對那間寺廟沒任何印象嗎？」

「我不知道，我的記憶裡完全沒有它的存在……我……」許怡琳無助又困惑地搖著頭，「我不記得當志工的事，也不記得黃立婷和陳河森這兩個人。小明，我沒騙你，我真的……」

「好好好，我知道妳沒騙我。」岳景明聽出許怡琳的語氣帶了一絲哭腔，連忙安慰道：「妳只是忘記了，所以我們才要一起去尋找真相。陳河森的機車行開在哪邊？妳還記得吧？這個可是非常重要的，能幫上很大的忙。」

「這個我記得！」許怡琳立即被轉移了注意力，「就是溪南路那邊，離公車的溪南站牌很近，就叫作森溪機車行。」

「好，那等等妳就負責帶路，我們直接去找那個陳河森。」

「欸？這麼快的喔？」

「難不成還要算時間看時辰嗎？當然是速戰速決。」

「喔。」許怡琳認同了這個道理，但她還有疑惑尚未解開，「那……那黃立婷和陳河森，到底是跟我有什麼關係？他們是故意要偷我手機的嗎？」

「他們……」岳景明捏捏眉心，盡量以委婉的方式說道：「黃立婷說是和妳在聖輝禪寺認識成為朋友，然後……妳好像喜歡上她的男朋友，你們之間的關係就變得有點尷尬。」

「啥啥啥？」許怡琳聽不下去了，馬上高八度地大叫，「誰喜歡誰？我，喜歡那個陳河森？這是什麼愚人節玩笑啊，小明你不會真的相信了吧！」

「我當然是相信妳的。」岳景明的眼神游移一下，不敢承認自己在聽見黃立婷的說辭時有一絲動搖。

「對吧對吧，我哪可能會喜歡他！」許怡琳沒發現岳景明一瞬間的心虛，她氣憤地揮舞著拳頭，像在擊打空氣裡看不見的目標對象，「他比我小耶，我對年紀小的弟弟一概都沒興趣的！更不用說他長得也沒多帥，我找他幹嘛不找封連晨啊，學弟可帥多了。」

說人人到，外頭倏地傳來有人敲打車窗的聲音。一人一鬼同時轉過頭，封連晨就彎身站在外面。

在許怡琳的指路下，岳景明開著車順利來到陳河森開的機車行外面。他將車子停在店鋪對面的馬路上，從這角度看過去，可以看見店內此刻就只有陳河森一人。

「你下去還是我下去？」

封連晨從車窗外望出去，眼中映入了寫著森溪機車行的招牌。

「先說好，我懶得下去。」封連晨靠著椅背，將沒說完的話補上。

「你都懶得下去就別問我了。」岳景明白了封連晨一眼，「我下去，不過有個工作給你。」

「真麻煩。」封連晨嘴上抱怨著，但也沒有推拒。

岳景明交代完畢才下車，後面跟著一位背後靈，許怡琳說什麼也要跟著一起過去。

穿過馬路，岳景明走到機車行外面，耳邊是許怡琳不停歇的碎碎唸。

「長得不怎樣，根本就達不到我的帥哥等級，年紀還比我小……我就算想不起之前發生什麼事，也敢用小明你的頭髮發誓，我才不可能喜歡他呢！」

話裡話外全是對陳河森的嫌棄，感覺得出來她對黃立婷說自己看上陳河森的事極為在意。

「少拿別人頭髮發誓。」岳景明沒好氣地警告。

來到店門口，陳河森在裡頭和人講電話，沒有第一時間注意到岳景明的到來。

岳景明趁機多觀察了幾眼。

陳河森的年紀看上去跟封連晨差不多，頭髮剪得短短，個子高瘦，皮膚黝黑，頸側有刺青，一路蔓延至上衣底下。

岳景明往店內再走幾步，腳下忽然踢到一個硬物，發出「鏗鏘」的聲音。他低頭一看，發現自己踢到了寵物用的飼料盤。

還好盤子裡的飼料沒有被整個踢翻，只有幾顆落在外面。

這聲音也引起了陳河森的注意力。

「那個我等等處理，不好意思，你再等我一下喔！」陳河森連忙捂著話筒，對岳景明喊了一聲。

岳景明大略打量機車行內部，唯一比較特別的大概就是牆上貼著協尋失蹤寵物的幾張海報。地上還擺著飼料盤，但店內沒看到貓或狗的身影，很可能這是給流浪動物吃的。

「他們有養寵物嗎？」岳景明悄聲問著許怡琳。

「沒有。」許怡琳反射性也跟著放輕音量，「店裡跟家裡都沒看過。依他們兩人不愛倒垃圾的個性，養寵物還得了，鄰居都在抗議垃圾味道很臭。而且立婷她根本就不喜歡貓貓狗狗。」

岳景明猛然轉頭看向許怡琳。

「怎麼了？」許怡琳一臉困惑。

岳景明想說些什麼，不過陳河森這時已經講完電話了，正面露笑意地迎上來。

「歡迎光臨，這位大哥你是要？」

岳景明只好壓下疑問，站在一排嶄新的機車前觀望，對著陳河森說道：「我想看看新車，你幫我介紹一下。」

「當然、當然，沒問題。」陳河森的笑容登時更加真誠。先問了岳景明的要求，接著口若懸河地為他介紹起店內的機車，「這輛是用水冷引擎，能夠有效控制引擎溫度，確保長時間運轉上可以耐久……這輛則是智能啟動系統，結合傳統起動和發電，起步更順暢。然後這輛，它的重心前移，你架車架的時候可以更輕鬆，還有……」

岳景明「嗯嗯」幾聲，不時還會提出幾個問題。要不是知道他來這的真正目的，在旁邊看的許怡琳都忍不住懷疑起他是不是真的是來買車了。

岳景明當然不可能真的帶一輛新機車回去，他自己開車就很方便，何必再多破費一筆。

「你說的這兩輛，水冷引擎的……我有點感興趣，不過還是得跟家裡人再討論一下。」

待陳河森說到一個段落，岳景明適時地打斷，「方便的話能給我一張名片嗎？」

「這當然沒問題。」陳河森從桌上抽起一張，遞給岳景明，「有疑問都可以打上面的電話問我。」

名片上除了有機車行的市內電話外，還有陳河森的個人手機。

岳景明看著那排手機號碼，眉毛不明顯地一動。他將名片收進口袋，又盯著陳河森的臉一會。

陳河森被看得心生疑惑，下意識摸了摸臉，「怎麼了嗎？」

「不是，就覺得老闆你好像有點面熟……我好像在誰的照片上看過你。」

「這麼巧的嗎？不知道是哪位，說不定我真的認識？」

岳景明假裝思考了一會，「啊，好像是怡琳，許怡琳……老闆你認識嗎？」

陳河森的表情僵硬一瞬，眼中也閃過慌亂，但很快又被他壓了下去，「你跟她是……」

「你認識吧？你認識的話就太好了。」岳景明立刻鬆口氣，「我最近在找她，但一直聯絡不到她，也不知道是不是故意搞失蹤，那女人還欠我一筆錢。」

當事鬼的許怡琳不禁瞠圓眼，用力地瞪向抹黑她的岳景明

「我哪時候欠你錢了？你不要趁機胡說八道啊我跟你講！」許怡琳氣得像隻鼓起的河豚，從頭到腳都寫著大大的不滿。

岳景明對許怡琳的抗議視若無睹，犀利的目光緊盯著陳河森的臉部變化，連一絲細節也

沒放過。

「喔，原來她欠你錢喔。」陳河森本來僵硬的表情轉眼放鬆，就連身體也不再緊繃，和岳景明說起話來也少了幾分防備，「你也真慘，她欠你很多嗎？」

「快十萬了！」岳景明擺出咬牙切齒的模樣。

「我才沒有！」許怡琳氣呼呼地嚷，「小明你這是汙衊！」

「靠，不小筆耶！」陳河森聽見這數字，不由得咂咂舌，看向岳景明的視線更是染上同情，「嗯，不是我要唱衰你，但大哥你可能追不回這筆錢了……許怡琳這女人做事有點……那個。」

「那個又是哪個？為什麼我都不知道？」許怡琳滿臉困惑地看看岳景明，又看看陳河森。

岳景明直覺陳河森接下來講的肯定不會是好聽話，他迅速朝許怡琳使了記眼色，在陳河森沒看到的角度用口形對她說：回車上去，快點。

許怡琳還想待著。

去看看封連晨那邊進行得怎麼樣了，快！

岳景明再催促。

許怡琳只好乖乖飄走了。

「老闆，你能不能跟我說說……許怡琳做事怎樣？」岳景明總算也能問出口。否則在許怡琳面前繼續說著她的壞話，就算是為了打探消息，他還是會覺得過意不去。

「你都不知道，許怡琳這女人實在是……她其實是我女朋友那邊的朋友，現在也當不成朋友了啦。畢竟誰的朋友會想勾引別人男朋友。」

「勾引別人的男朋友也太過分了吧，她是不是一直瘋狂傳 MSN 跟打電話騷擾你？」岳景明故作憤慨地說。

「對、對！她一直糾纏我不放，我就乾脆將她封鎖了……真的很爛耶她，做人也太沒水準了，還故意搞失蹤，所以我才說你的錢大概也討不回來了。」

抓到了！岳景明眼神犀利地盯緊陳河森。

許怡琳根本沒有陳河森的 MSN，但陳河森卻未糾正自己剛才故意說的那番話；最重要的是，陳河森明明知道許怡琳自殺了，卻表現得一副不知情的樣子。

許怡琳都已經死了，怎麼可能故意搞失蹤？

陳河森越罵越難聽，岳景明插在口袋裡的手攥得緊緊，要不是怕打草驚蛇，他早就一拳痛毆向陳河森的臉了。

陳河森看岳景明的神色越發難看，也只以為對方是為了那筆追不回的錢而惱火，在說起許怡琳時更加的不客氣。

岳景明聽不下去了，反正他已獲得想要的訊息，草草地應付陳河森幾句後，他轉身離開機車行，回到了車子上。

車門被關起的力道比平常還要大力，那響亮的聲響讓車內的一人一鬼齊齊望向坐上駕駛座的岳景明。

「吃炸藥了？」封連晨問道。

「沒事。」岳景明頭靠著椅背，閉上雙眼。

「欸欸，小明你還好吧？」許怡琳戳戳岳景明，「你在生氣嗎？我這個莫名其妙就欠你十萬的人都沒生氣耶。」

「沒事。」岳景明又說了一次，睜開眼將陳河森的出言不遜暫且拋在腦後，看向許怡琳，「妳知道妳剛剛在店裡說了什麼嗎？」

「什麼什麼？」許怡琳一臉茫然，「我不是說他們不愛倒垃圾，鄰居都在抗議院子裡的垃圾味道很重嗎？」

「還有一句。」岳景明提醒她。

「還有一句？」許怡琳臉上好似浮出一個大大的問號。

「妳說『立婷她根本就不喜歡貓貓狗狗』。」岳景明重敘一遍。

許怡琳臉上表情有瞬間的空白，她喃喃道：「對，立婷不喜歡貓狗，她說她會過敏，但她男友好像很喜歡小動物，所以才會在店裡放飼料盤……」

「妳都想起來了？」岳景明驚喜地問道。

「妳知道妳為什麼要自殺嗎？」封連晨問得更直接，岳景明不禁皺眉著眉，給了他一記肘擊。

「我……」許怡琳按著太陽穴，表情迷茫，「我只記得這個，其他的我還是想不起來……」

岳景明不想逼她，乾脆把話題轉到封連晨身上，「你電話都打完了嗎？沒漏掉哪支吧？」

「沒有。」封連晨舉高紙，上面一排手機號碼都是從許怡琳通話記錄中篩選出來的可疑目標，「每支都打過三次了，你那邊都沒聽到？」

岳景明搖搖頭，「完全沒有。而且我故意用話套他，他也沒發現不對。」

「你說了什麼？」封連晨問道。

「我說學姐狂傳 MSN 給他。」

「我才沒有那傢伙的 MSN 呢。」許怡琳嘟囔，但下一秒她就反應過來，「黃立婷和陳河森在說謊？」

假如按照那對情侶所說，她真的看上陳河森——許怡琳百分之三百確定這絕對不可能——那麼她應該會狂打陳河森的電話才對，但那些號碼裡沒有一支是和陳河森的對得上。而且她也沒有加陳河森 MSN 好友。

「我就說嘛，我眼光哪會那麼差！」許怡琳哼哼幾聲。

岳景明和封連晨交換一記視線，他們在意的是另一件事。

為什麼黃立婷和陳河森要說謊？

第六章

今天下午都在為了弄清黃立婷和陳河森的說法而奔波，岳景明回到家中就想癱倒在床上，但想想自己還一身早餐店的味道，他實在不想讓自己的床鋪也沾上，這會讓他有種還在店裡工作的錯覺。

岳景明嘆口氣，拖著身體去洗澡，晚餐就隨便煮了點東西解決，等到一沾上枕頭，他幾乎是瞬間就失去意識。

他做了一個夢。

夢裡他先是陷入黏稠的泥沼，不論他再怎麼奮力挪動身體，就是動彈不得，泥沼裡還冒出了可怖的黑色觸手，用力地勒著他的身軀、四肢不放。

就在岳景明被纏得快要喘不過氣之際，夢中場景又變。

他在一個房間裡喝茶，房裡被濛濛的霧氣包圍，看不清楚周遭環境，只知道是一個室內空間。

他的面前擺著桌子，手裡端著一個茶杯。

他一點也不覺得渴，也不想喝茶，然而雙手就像是擁有自我意志地捧著茶杯送到他嘴邊，嘴巴跟著不受控制地張開。

苦澀的茶水霎時進入嘴內，滑進了他的喉嚨，直到胃部。

杯子裡的茶水像永遠不會減少。

他的手也不斷地抬起放下、放下抬起，每一次都被迫灌入一大杯的苦茶。

就算不會有飽腹的感覺，但那怎樣也擺脫不了的難嘸滋味讓岳景明在夢裡簡直是苦不堪言。

他恨不得趕緊從夢中醒來，讓他脫離這個苦茶地獄，卻無法如所願。

苦茶還是鍥而不捨地進入他的口，苦得讓他的臉都扭曲成一團。

與此同時，房間裡也響起怪異的音響。

像是小動物的聲音，但尖長又悽厲。

貓和狗在岳景明的夢中不斷慘嚎。

岳景明只覺腦袋快要炸裂，他在現實中的房間裡不斷翻身，最末是翻到了床緣，身子再往前稍微一動，登時直直地往下掉——

岳景明被砸醒了，外面的天色不知不覺也已大亮。

「太、太慘了……」

「是啊，真的好慘呢。」

「再深一點……就、就可以當隻熊貓了。」

「哎唷，那也要身材再圓潤些，哪有那麼瘦的熊貓？」

逮著沒客人的空檔，小花和藍藍湊在一起竊竊私語，不時還自認隱晦地瞥向她們討論的話題主角——頂著深深黑眼圈來工作的岳景明。

岳景明早就發現兩名工讀生的打量，更何況她們的討論可一點也不小聲，要他當作沒聽到都很難。

「哇！老闆，你這是怎麼了？」一名客人一走進店內，就先被岳景明的黑眼圈嚇到，「你這是……整晚沒睡覺嗎？跑去做壞事了吼！」

「你才去做壞事。」面對熟客，岳景明的態度也隨意許多，「我只是沒睡好……看什麼看，沒看過那麼帥的人嗎？」

「是沒看過那麼帥的……」客人故意拉長語調，「熊貓！哈哈哈，你這算是熊貓界的高又帥了吧！」

「鏗」的一聲，是叉子掉落在地的聲音。

坐在第一桌的女客人掉了叉子，但她沒有立刻彎去撿起，反而喃喃著說，「貓……貓……」

下一瞬她捂著臉，雙肩抖動，竟是發出低低的嗚噎聲。

「喂，我什麼事也沒做啊。」男客急得壓低聲音為自己辯駁，「她怎麼就突然哭了？」

「老闆……」小花和藍藍也趕忙跑過來，憂心忡忡地看著岳景明，「廖小姐這是……」

「櫃檯這裡交給妳們了。」岳景明倒了一杯熱奶茶，走向第一桌還在細聲哭泣的廖小姐。

廖小姐也是店裡的常客，一個禮拜通常會看見她三到四次。平時都是和小花她們有說有笑的，但今天進來時情緒看起來分外低落，臉色也不太好看。

「妳還好嗎？」岳景明在廖小姐對面坐下，將熱奶茶往前推，「喝點甜的吧，這杯我請客。」

廖小姐放下雙手，露出泛紅的眼睛，「不好意思，我一時情緒不穩……」

「發生什麼事了嗎？」岳景明將紙巾遞給她。

「我聽到你們說到了貓……」廖小姐擦擦眼淚，吸吸鼻子，努力穩定語調，「才會一下子忍不住……真的很不好意思，在你們店裡失態……我是因為想到了胖胖……」

「胖胖牠怎麼了嗎？」岳景明聽過廖小姐多次聊起胖胖，那是她如同家人一樣的橘色虎斑貓。

「牠走丟了……」廖小姐一提到自家寵物，眼淚差點又泛上來，「牠之前出門都會再自動回來，可是前天卻不見蹤影，我找了兩天還是沒找到……我好擔心牠……」

岳景明沒養過寵物，但也知道廖小姐對胖胖的感情相當深，他安慰幾句，接著提出一個辦法。

「妳要不要印個尋找寵物的小海報貼在妳家附近？也可以在我店裡放一張，說不定其他客人正好在哪裡看到妳的胖胖。」

這還是去森溪機車行帶給他的靈感。

岳景明的提議似乎讓廖小姐看到一絲曙光，她重新打起精神，情緒也變得比先前穩定許多了。

廖小姐離開後，早餐店又迎來一波人潮。店裡三人忙得團團轉，等岳景明再回過神，赫然發現不知不覺已過十二點了。

看著又變得空蕩蕩的店內，岳景明總覺得哪邊不對勁。

小花靠過來，「明明、明明。」

「叫老闆。」岳景明斜睨一眼。

「好的老闆。」小花迅速改過，「老闆，封大哥今天會來嗎？平常他不是快十二點就過來了？」

岳景明恍然大悟，弄明白是哪裡不對勁了。

應該來報到吃飯的封連晨沒出現。

「我打電話問一下好了。」岳景明可不想自己收店收得差不多了，封連晨才慢吞吞地現身。

咖啡廳裡，緩慢的樂聲在布置典雅的空間裡飄揚著。

封連晨邊吃著面前的餐點，邊和對面的女性聊著天，他的一雙眼睛彎成弦月狀，流露出他的好心情。

暫時打斷兩人談話的是封連晨的手機鈴聲。封連晨露出歉意的笑容，接起電話，手機裡傳出再熟悉不過的一道嗓音。

「你今天有沒有要過來？」

是岳景明，他的學長。

「今天就不過去了。」封連晨語氣平淡地說，「接下來我有事要忙，暫時都不會過去你那了。先這樣，之後再聊。」

「該不會……是你女朋友吧？」看到封連晨放下手機，試探的詢問飄了過來。

「不，只是一位朋友，我還單身呢。」封連晨微微一笑，「妳呢？」

「我啊……」面對封連晨的反問，坐在對面的黃立婷也俏皮地笑了，「當然也是囉！」

接下來一個多禮拜，岳景明都沒看見封連晨出現在自己店內。

他是沒太大感覺，但兩名工讀生幾乎天天都在哀哀叫。

「老闆啊，岳哥啊。」

「岳大哥……」

藍藍和小花可憐兮兮地湊到岳景明身邊，睜大著眼睛，試圖用小動物般的眼神打動他。

「哪時候才能看到封大哥？他好幾天……都沒來了……」

「我們的眼睛需要一些治癒！」

「沒錯……要看帥哥才能讓我們保持心情愉快。心情愉快……工作才會更有動力。」

「喔？既然妳們動力是看封連晨那小子的話，薪水就可以省下來了對吧。」岳景明對此非常樂意，他還能省下一筆開銷，「沒問題，我明天就想辦法把他拖過來。至於妳們這個月的薪水就……」

「哇啊啊！不行！」兩名工讀生立刻發出慘叫，再也沒了渴望欣賞帥哥的心思。和錢比起來，再怎麼帥的帥哥一律都得往後靠！

「我剛說錯了，英明偉大的老闆，最帥的老闆……」小花狗腿地說，「我們哪裡需要看其他帥哥呢？你就是最帥的那一個了！」

「岳哥最、最帥，比誰都還要帥，所以……」藍藍可憐巴巴地搓著雙手，就怕岳景明真的狠心要斷她們薪水。

「所以這個月薪水還是照發，妳們還真的以為我會讓妳們在我這做白工？」岳景明哼了一聲。

「好耶！老闆最好最帥！」小花和藍藍拍手歡呼。

「店裡先給妳們負責，我有事要打個電話。」岳景明把店內工作先交給兩名女孩，自己拿著手機坐在最裡面的一桌。

雖說不曉得封連晨這禮拜是忙什麼去了，忙到連美又美都不來，不過岳景明可沒忘記手邊還有正事得處理。

他還在追查許怡琳的自殺緣由。

上禮拜他們在聖輝禪寺找到了黃立婷，又去黃立婷男友開的機車行那邊套話。

陳河森與黃立婷的說詞一樣，都說許怡琳曾經試圖勾引陳河森，才會讓黃立婷和她斷絕友情；而在得知她自殺一事後，深怕他們被牽扯進去，被認為是害得許怡琳自殺的主因，黃立婷才偷偷潛入她家，偷走她的手機，把裡面和他們有關的通話記錄都刪個精光。

從表面來看，這套說法看似沒有漏洞，還相當合情合理，就連聲稱許怡琳為情所困的時間點，都和管理員看許怡琳狀態不佳的時期重疊一起。

但在機車行的那番對話中，岳景明套出了陳河森在說謊。

但即使證明那兩人在說謊，岳景明暫時也無法從他們那邊挖掘更進一步的線索。所以他今天要做的，就是要打給這那幾支被他圈為可疑的號碼。

只不過不是用許怡琳的手機，是用他自己的。

岳景明一路打到了第四個號碼。

這四個都沒什麼問題，岳景明旁敲側擊，問出了他們和許怡琳的關係。有三人是因為收到許怡琳的訃文，得知她過世的消息，在看到她的號碼打來時才會嚇得直接掛斷，以為是什麼靈異電話。

這原因讓岳景明哭笑不得，但也讓他順利把這三個號碼刪除。

至於第四個，原因就更加的……一言難盡了。

原來那人欠許怡琳錢，得知她過世時以為可以不必還了，沒想到她的電話竟然又打過來，嚇得他把號碼封鎖。

岳景明嘆口氣，決定把這事情丟給許怡琳去煩惱，要追債還是要放水流不管，都由她自己決定。

岳景明的手指劃過紙上的最後一個號碼。他深吸一口氣，心裡不由自主地湧上一絲緊張。

這支號碼的主人究竟和許怡琳生前是什麼關係？和許怡琳的自殺又牽涉了多少？

電話沒一會就接通了，接起的是位女性。

「喂？你好。」

從她溫和的聲線難以判斷出她真正的年紀。

岳景明聽見對面有不少吵嚷的人聲，顯然手機主人待在一個人多的地方，還能聽見有人喊師父。

手機主人應了那道叫喊一聲，並要對方稍等一下，又轉而向岳景明再詢問道：

「你好，請問是？」

電光石火間，岳景明靈機一動，「妙言師父，妳現在方便講電話嗎？我沒打擾到妳吧。」

「現在可以，不過你記錯名字了，我是妙心，不是妙言。」手機那側傳來笑聲，「請問你是？」

岳景明心頭一動，想起了在聖輝禪寺志工曾經說過的話。

「立婷師姐是特例，她是妙心師姐帶進來的。」

「喂？」

手機裡傳出了略帶疑惑的聲音，岳明景心念電轉，迅速編出一個謊言。

「我是之前有去你們寺裡參拜的人，剛好有跟師父妳聊了幾句話，但妳可能不記得我了……我是想問問，你們那邊有缺志工嗎？我親戚的小孩對志工很有興趣，想要體驗看看……喔，他高中生啦。」

「小孩子願意為大眾服務是好事，佛祖也會多保祐他的。」妙心溫溫和和地說，「我們寺裡現在還有召募志工沒錯，你可以上網去看一下上面的條件說明。」

「有網址可以直接給我嗎？」

「不好意思，我現在沒辦法上網，你直接找聖輝禪寺的官網就行，進去後就能看到相關的頁面。」

「好的，謝謝妳，妙心師父。」

結束通話，岳景明慢慢地吐出一口氣，手機被他擱在一旁，他的食指在妙心的電話號碼上敲了敲。

聖輝禪寺的妙心。她才是真正和許怡琳有過聯繫的那個人。

黃立婷想刪掉的……應該也是妙心的號碼吧。只是，為什麼？

妙心有什麼事情是不想被人發現的嗎？才會想要藏起自己和許怡琳認識的證據……

岳景明想得頭都痛了，又猛地反應過來這事本來就不應該由他想，而是該讓當事人的許怡琳負責。

他下意識在店內尋找許怡琳的身影，想叫她過來問問究竟認不認識妙心這人。

店裡沒有許怡琳的蹤跡。

岳景明想去外頭找，但剛走了幾步，才驟然想起許怡琳今天沒跟他一起到早餐店。

許怡琳嫌最近太無聊，又跑去蹲陳河森和黃立婷了。也不曉得她現在是在機車行還是在陳河森家。

看著顯示在手機螢幕上的「陳河森」三字，黃立婷的眉頭露骨地緊皺起來，不耐的神色更是在她眼中一閃而過。

手機鈴聲依舊在響動，像在催促黃立婷快點接起這通來自男朋友的電話。

「妳的手機響了，不接嗎？」和黃立婷一塊在義大利餐廳吃飯的封連晨溫聲提醒。

黃立婷伸出手，但不是接起，而是直接摁掉。

「這是我一個同學啦。」黃立婷慶幸起自己不是給陳河森取了特別親暱的暱稱，這樣就算被封連晨看到也不會讓他多想，「大概是要問我報告的事吧，晚點再回他，我們先好好吃飯。」

未免封連晨再多問幾句，黃立婷迅速地轉移話題。

「對了對了，我下禮拜要去當志工，你有興趣一起嗎？」

「妳怎麼會想當志工？」封連晨微笑地問，眼神裡透出一絲好奇，但並沒有給予肯定的答覆。

「其實是以前我在育幼院的時候，聖輝禪寺裡的師父們常會來看望我們。那時的我好像很難搞，應該是所謂的兒童叛逆期吧……」黃立婷吐了吐舌頭，有些赧然，「但是其中一位師父對我特別有辦法，聽說她以前當過保母，難怪很會哄小孩。」

似是想到了過去的美好回憶，黃立婷瞇著眼笑了，「後來我跟這位師父常有聯繫，也因為她的關係，我才會想要當志工來回饋。」

「原來如此，妳有這份心思真是難得。」封連晨柔聲誇讚。

黃立婷頓時紅了臉，睫毛撲閃得飛快。

「等等吃完飯，妳會想看電影嗎？」封連晨主動詢問。

「好啊，要看哪部？」黃立婷興致高昂地問，立即把志工的話題拋至腦後。

「女士優先，由妳來選吧。不管是愛情片恐怖片或是動作片，我都沒問題的。」封連晨留意到黃立婷的水杯快見底，體貼地為她將水倒滿。

黃立婷沒忽略這個小動作，她的笑容更甜，看向封連晨的目光更為灼熱。

「那……聽說有部恐怖片評價還不錯。」黃立婷提議道，腦中忍不住幻想起幽暗封閉的電影院裡，她假裝被嚇到，就能理所當然地抱住封連晨了。

沒辦法，誰教眼前的男人真的太有魅力了，外表俊美不說，還相當懂得和人聊天，只要和他待在一起，氣氛就不會冷場，而且他的言行舉止都極為尊重女性。

陳河森跟封連晨一比，簡直就是天壤之別。

黃立婷端起杯子喝了一口水，盤算著該如何讓陳河森從男友變成前男友。

雖然住陳河森那邊可以省下不少花費，但是他的一些壞習慣……

黃立婷腦海中不禁閃現過兩人在通訊行的爭執，還有更之前，她不過是忘了買他的晚餐回來，讓他餓到肚子，他就對自己破口大罵，甚至揚高手……

黃立婷忍不住摸摸臉頰，表情苦澀又帶著一絲厭惡。

「怎麼了嗎？」封連晨關心地問。

「剛剛好像吃到辣椒……」黃立婷隨意找了個理由帶過，作勢又喝了好幾口水好證明自己所言不假，「呼，辣死了！」

黃立婷吐吐舌頭，用撒嬌的聲調問道：「我嘴巴應該沒腫吧，你幫我看。」

煞風景的手機鈴聲冷不防又響起。

黃立婷飛快瞄了一眼，懊惱地咂下舌，居然又是陳河森打來的。

封連晨也看到螢幕上顯示出的人名，「好像是剛剛打來的那位同學，他該不會是有重要的事要找妳？」

封連晨都這麼問了，黃立婷清楚自己再拒接的話，很可能會引來他的懷疑。

在內心咒罵了不會挑時機的陳河森無數遍，黃利婷只好拿起手機，以不干擾封連晨用餐的藉口到餐廳外面接電話。

「喂？」黃立婷一按下通話鍵，只來得及說出一個字，對面就砸來了不耐煩的質問。

「妳人在哪裡？剛剛幹嘛不接我電話！」

「我在跟同學吃飯，餐廳太吵了，就沒聽到嘛。」黃立婷平常就不喜歡陳河森這種態度，現在有了封連晨的優雅有禮做對比，那份不喜登時升級為更強烈的反感。但怕陳河森察覺不對，她還是努力放軟語調。

「餐廳？我這邊怎麼聽起來不像？」陳河森質疑。

「因為我在餐廳外面跟你講電話啦，就跟你說裡面太吵，我怕聽不清楚嘛。」黃立婷透過玻璃窗望向餐廳內的封連晨，後者位置正好面向她這個方向，似乎發覺到她的注視，他彎起了唇角。

黃立婷草草應付一會兒就結束和陳河森的對談，她把手機關機，快步地回到餐廳裡。

「不好意思，沒講太久吧。」黃立婷把手機再擺回桌上。

「沒有，正好甜點剛上來。」封連晨微笑著將擺在中央的提拉米蘇推向黃立婷。

「咦？」黃立婷一愣，「但我沒有點……」

「是我加點的，我聽人說女孩子都喜歡甜點。啊，該不會妳其實不……」

「喜歡、喜歡！我超喜歡的！」黃立婷連忙握著小湯匙，用動作來表現自己真的熱愛甜點。

提拉米蘇甜美又帶點酒香的口感在黃立婷口中綻放，她幸福地瞇起了眼，只覺自己的一顆心像跟著泡在了蜂蜜與美酒裡面，整顆心都軟綿綿、甜孜孜的。

聽說提拉米蘇有個含義叫做「帶我走」，所以封連晨果然是對她……黃立婷偷覷著對面含笑看她的男人，面頰控制不住地竄上熱度。

第七章

「幹！」

在沒有客人上門的機車行裡，陳河森火大地把手機扔到桌子上，也嚇到了差點打起瞌睡的許怡琳。

許怡琳習慣性地拍拍早就沒心跳的胸口，納悶的視線投向陳河森，不明白他在生什麼氣。

很快她就知道答案了。

「媽的，黃立婷那個女人……她根本不是跟同學吃飯吧！」陳河森扒扒頭髮，把自己扔進了椅子裡，手指用力地敲打著桌面，「最好是跟同學吃飯會吃到手機關機。」

想到那一次次冷漠提醒將轉進語音信箱的機械女聲，陳河森的眼底泛起沸騰的怒意。

和黃立婷交往一年多了，他早就摸清楚她的一些習慣。

黃立婷只要在外面吃飯，手機都會放在手邊，好第一時間能接起別人打來的電話。而且為了不漏接別人來電，她的手機在出門前都會是充電充到飽的狀態。在這些前提下，陳河森才不相信黃立婷的手機會那麼快就沒電，只有可能是她故意關的。

而和普通同學吃飯，有必要把手機關掉嗎？

還有，黃立婷最近都常往外跑……以往中午都會過來送個便當的，現在已經連著好幾天都說她有事要忙，沒時間過來。

陳河森越想越覺得黃立婷指不定是背著自己做了什麼事。

懷疑的種子一旦種下，瞬間能發芽茁壯，然後在陳河森的心底長成一株參天大樹。

「喔喔喔喔喔！」許怡琳的精神都來了，馬上圍在陳河森的周邊打轉，觀察他的表情變化。

待在美又美太無聊了，所以許怡琳今天沒去岳景明的早餐店，改來森溪機車行，繼續盯著陳河森，看能不能有什麼新發現。

結果黃立婷沒來，陳河森一整天下來不是幫忙修車就是窩在位上看報紙，或是和隔壁商家的老闆在外面一塊抽菸聊天。

天啊，真是太無聊了，許怡琳都無聊到要睡過去了。雖然鬼根本不需要睡覺，但許怡琳發現自己想嘗試的話，還是能達到生前那種睡著般的感覺。

不過就在她準備要進入那個境界時，就被陳河森的動靜嚇得回過神。

她興奮地跟前跟後，想看看陳河森打算做什麼。

去捉姦嗎？去釘孤枝嗎？她腦內已經幻想出許多小劇場了。

陳河森當然沒有發現許怡琳的存在，黃立婷的手機關機讓他的心情一整天下來都很差，連帶在面對上門的客人也擠不出笑臉，表情顯得陰沉。

最後他乾脆早早關門，準備騎車回家。

許怡琳敏捷地跳到陳河森的機車後座，假裝自己是搭乘免費接駁。

「搞什麼鬼，為什麼突然會冷？」陳河森背後一涼，雞皮疙瘩都浮起來了。

「就是有鬼啊。」許怡琳故意貼在他耳邊說，看到他打了一個大大的哆嗦後，忍不住得意地哼笑幾聲。

「馬的，氣象預報沒說會突然降溫啊。」陳河森嘀咕幾句，真以為是天氣變化，匆匆發動機車離開。

回到家門口，陳河森先下車將鐵門打開，將車停在小院子裡。

許怡琳剛跳下車，就聽到不遠處傳來一陣類似狼嚎的吹狗螺。

「嗷嗚——」

拉得長長的陰森音調讓一人一鬼都往院外看去。

「叫屁叫。」陳河森沒好氣地啐道，他轉頭看向屋子，裡面猶然是一片昏暗，沒有任何燈光亮起，一看就知道黃立婷還沒回來。

陳河森的臉色越來越難看，他咒罵了聲髒話，雙腳卻不是先往屋內邁進，而是走向後院。

許怡琳跟上去，接著驚訝地發現院裡多了一個鐵籠，籠子裡還關著一隻戴著嘴套的狗。

上次來這還沒有的，是他們最近新養的嗎？

陳河森低頭望著籠內的黑狗，夜色吞沒他一半的面容，讓他的表情顯得異常陰森。

許怡琳以為陳河森是要來餵食寵物，結果對方什麼動作也沒有，就只是站著不動，嘴裡還唸著：「再等一等、再等一等。」

許怡琳想不明白這個男人是要等什麼。

陳河森在後院沒待太久，他走進屋裡，打開裡頭的大燈，接著大步走向他和黃立婷的臥室。

房間內還保留著早上離開時的模樣。今天氣溫偏悶熱，黃立婷常穿的外套沒有穿出門，就隨意地垂掛在椅背上。

許怡琳好奇地跟著陳河森進來房間，看見他拿起黃立婷的外套，在口袋內摸索，掏出了一個小零錢包。

陳河森也不管侵犯隱私的問題，打開零錢包查看。

這是黃立婷平時都會帶在身上的東西，她總是會習慣性放在這件外套的內襯口袋，今天外套沒穿出去，零錢包自然也忘了帶，正好方便陳河森翻找。

零錢包裡除了零錢外還塞著雜七雜八的小物，陳河森翻動一下就沒耐性地把東西全倒在桌面上，叮叮噹噹的聲音跟著響不停。

「啊！掉了掉了，要掉了！」許怡琳反射性想撿起滾落桌下的錢幣，但半透明的手指無法碰觸到實體。她惆悵地嘆了口氣，站起身，卻見到陳河森的面容陰沉，眉宇間更是盤踞著一股嚇人的戾氣。

許怡琳嚇了一跳，她蹲下去的這短短時間究竟發生什麼事，為什麼陳河森的情緒突然整個不對勁？

許怡琳連忙再低頭一看，只見陳河森的手裡捏著一張名片，上頭的人名正好是她認識的。

封連晨。

這不是學弟的名片嗎？許怡琳還看到名片上寫著封連晨的公司和職位名稱。

許怡琳倒是不意外會在這裡看到封連晨的名片，他之前曾在聖輝禪寺和黃立婷搭話，很可能就是那時候給她的。

然而陳河森看著那張名片，就像在看什麼可恨至極的東西，他的雙目彷彿要噴出憤怒的餤火。

「嘿，冷靜點，看清楚這是張保險業務員的名片，出現在這裡很正常吧。」許怡琳在陳河森旁邊嚷。

陳河森猛地轉過頭，驚得許怡琳連退好幾步，差點以為對方能聽見她的聲音了。

下一秒許怡琳就知道是自己想多了。

陳河森轉頭的原因是聽見房間外傳來了開門的聲響

「我回來了！」黃立婷推門而入，包包放在矮櫃旁，彎身脫著鞋子，「阿森你今天怎麼這麼早回來？都還沒八點耶。」

陳河森沒有給予回應，也沒有走出房間。

「阿森？」沒得到回應讓黃立婷心生納悶，她走進客廳，沒看到陳河森的人影，又往前走了幾步，看見他們倆的臥室門敞開著，門內有燈光溢出。

「阿森你有聽到我說……」黃立婷推開房間門，看見陳河森背對著她站在桌前，桌上是硬幣和雜物零亂地灑落，她今天忘記帶的零錢包則孤零零地躺在一邊。

黃立婷愣了幾秒才反應過來，陳河森翻了她的零錢包。

就算彼此是男女朋友，黃立婷也無法接受自己的隱私被侵犯，更不用說她如今是抱著想分手的心思。

怒氣霎時間升騰而起，黃立婷氣急敗壞地上前，「你幹什麼？不是說過不准亂動我的東西嗎？」

還沒等黃立婷靠近桌前，陳河森猝然轉身，一把抓住了黃立婷的手腕，力道大得讓黃立婷臉色微白。

眼看這對情侶起了爭執，許怡琳不由自主地往後退開。

「放開！你幹嘛？陳河森！」黃立婷惱怒地想抽回自己的手，然而陳河森的手勁變得更大，簡直像要捏碎她的骨頭，「陳河森我叫你放手……啊！」

陳河森冷不防地鬆開手指，讓沒準備的黃立婷險些站不穩。她握著自己發疼的手腕，朝著他怒目而視。

可緊接著，黃立婷就瞧見陳河森的另一隻手裡捏著一張名片，她的眼裡飛快閃過一抹緊張。

被陳河森捕捉到了。

「妳問我幹嘛？我才要問妳這幾天是幹嘛？」陳河森陰惻惻地說，「妳他媽的跑去給別的男人幹了是不是！」

「陳河森你有病啊！」黃立婷驚怒交加地大罵，就算她存了想要另結新歡的心思，但她也沒真的出軌，憑什麼要站在這被人羞辱，「我不想跟你多說，除非你冷靜點！」

黃立婷奪過自己的零錢包，塞進皮包裡，連桌上四散的零錢也不管了，轉身就想離開房間。

陳河森的動作比她快一步。

「我有說妳可以走了嗎？啊？」陳河森大力地把門板關上，堵去了黃立婷的去路。

看著面前凶神惡煞的男友，黃立婷的心裡終於浮上幾分怯意。

「你……你到底想幹嘛啦！」黃立婷色厲內荏地質問，「我跟你說，你不要無理取鬧……」

「鬧三小？妳說我是在鬧三小？」陳河森往前逼近，手裡的名片被他揉捏成一團，砸上了黃立婷的胸前，「妳都跟人睡了還敢問我在鬧三小！」

「我沒有！」黃立婷尖叫，「你真的有病耶！那只是一名保險業務的名片，我想跟他買保險不行嗎？」

「怎麼買？腿開開跟他買嗎？」陳河森冷笑，「妳這幾天沒來店裡，都是跟這個人鬼混了吧！」

「陳河森！」黃立婷的胸口重重起伏，「你講話一定要這麼難聽嗎？你不能學學別人好好說話嗎？」

「跟誰學？跟妳的姘頭學嗎？」陳河森譏諷地說，「學他什麼？妳跟我講，他有我厲害嗎？有我大嗎？有我能讓妳在床上叫那麼大聲嗎？」

「學他像個有素養、有文化、有禮貌的人！」黃立婷往旁抓了個東西，想也不想地就往陳河森的方向砸過去，「你不止有病，還是神經病！我當初是瞎了眼才會跟你在一起！」

陳河森往旁一閃，飛來的鬧鐘砸上了牆壁，發出猛烈的音響，繼而四分五裂地摔在地板上。

「我們完了！我要跟你這爛咖分手！」怒火燒斷了黃立婷的理智，什麼好聲好氣、冷靜對話全被她拋諸在腦後，她現在只想著用最難聽、最傷人的話狠狠反擊回去。

「你根本連封連晨的一根頭髮都比不上！人家知名大學畢業，還是公司的菁英，薪水不知道是你的多少倍！你不過是高中學歷，開了一間破機車行就自認為了不起嗎？我早就受夠你這自以為是的王八蛋，心情不好就罵我、打我！你現在就給我滾開！滾出去啊你！」

黃立婷用力地推著陳河森，後者一動也不動，甚至還陷入奇異的沉默。

黃立婷只當陳河森被她說得抬不起頭來，「你不滾是不是？那我走，我明天就把我的東西全搬走！我們切了，從今天開始就再也不是男女朋友，你最好別……」

陳河森這次沒等黃立婷把話說完，他一巴掌重重搧上黃立婷的臉，把人打得臉都歪一邊。

黃立婷一開始沒反應過來，等到腫脹和刺痛迅速佔據她的臉頰，她才意識到自己被陳河森打了。

黃立婷捂著臉頰，不敢置信地看到打她的男人把門上鎖，又走到音響旁邊，播起音樂，音量調到最大。

黃立婷意會到情況不對，連帶沸騰的情緒也冷卻下來，取而代之的是強烈不安籠罩了她的全身。

她再也顧不得和陳河森針鋒相對，也不管臉上熱辣的疼痛，她現在只有一個念頭。

必須趕緊離開！離開陳河森！

黃立婷拎著包慌亂地想衝向門口，好逃出這個房間，然而劇烈的疼痛下一剎那在她背後炸開，讓她哀嚎出聲。

從許怡琳的角度可以看見全部過程，陳河森從房間角落拿出了一根棍棒，毫不留情地就是往黃立婷的後背敲上去。

黃立婷跌在地上，驚惶地想爬起來，第二下痛擊緊接著到來。

然後是第三下、第四下、第五下……

黃立婷被打得毫無招架之力，她連從地面爬起都做不到，只要她一準備撐起身體，殘暴的敲打就落了下來。

「跑啊，再給我跑啊！妳這破麻！賤貨！剛說得很爽嘛，現在爽不爽啊？叫大聲一點啊！」陳河森的表情猙獰，雙眼充滿血絲，猶如地獄來的恐怖惡鬼。

男人的咆哮，女孩的尖叫，還有那一聲聲硬物敲上血肉的悶響，全被吵鬧的音樂蓋了過去。

不會有人知道這屋內正發生什麼事。

不，還有許怡琳知道。

許怡琳從這突如其來的變故中回過神，急急想推開施暴的陳河森，卻只能穿透陳河森的身體。

在陳河森的暴力下，起初黃立婷還能慘叫求饒，但隨著棍棒持續如雨點落下，她的聲音逐漸小了下去，最末再也沒有動靜……

沒了反應的黃立婷似乎讓陳河森感到無趣，他粗喘著氣，把棍棒扔到一邊，音響也不關，逕自走出去。

黃立婷就像個破爛的布娃娃，被孤零零地遺棄在這個房間裡。

許怡琳心驚膽跳，一箭步衝到黃立婷身邊。她沒辦法確認對方還有沒有呼吸，好在那胸膛還有微弱的起伏。

許怡琳扭頭望向門外，她不確定陳河森什麼時候會進來，但要是放著黃立婷不管的話，黃立婷很可能真的會因此喪命。

不論黃立婷究竟是為何偷走她的手機，又編出離譜的謊言抹黑她的名聲，許怡琳心知自己無法眼睜睜地看著有人死在她面前。

她咬咬牙，不再猶豫地朝著黃立婷撲過去，半透明的身影就像沉入水中，一下就融進了黃立婷的身體內。

下一秒，本來毫無動靜的「黃立婷」驀地眨動了眼睫，接著她睜開眼，動作快速地自地面爬起，彷彿方才的殘酷傷害對她沒有任何影響。

成功附身在黃立婷身上的許怡琳反射性握了握手，貨真價實的觸感和溫度讓她有一瞬的恍神。

好像自己還活著，還沒成為一縷在世間飄盪的亡魂。

外頭的細微動靜讓許怡琳驟然拉回神智，陳河森不知道什麼時候會再進來，她必須趕緊……趕緊找人求救！

許怡琳不是沒考慮過拖著這具身體往外逃，但這個念頭剛浮上就被她捨棄。這太不現實了！一來她不曉得自己能附身多久，二來是她沒自信躲過陳河森，萬一在中途被發現，那麼黃立婷的下場只怕更慘。

許怡琳強迫自己不要再留戀這具身體帶給她的溫度和感受，她飛快翻找著黃立婷的皮包，找到了對方的手機，再撿起被陳河森揉成一團的名片，撥打出封連晨的號碼。

「拜託要接，快接啊學弟……」許怡琳喃喃地祈禱著。

電話很快就被接通，熟悉的男聲進入許怡琳的耳中。

「喂？」

「學弟，是我，我附在黃立婷身上了！她現在有危險，你快過來救人！」不給封連晨有多問的時間，許怡琳壓低聲音，連珠炮地說明現況，「就在陳河森家裡，地址是……拜託你快點過來，不然真的會出人命，你記得小心一……」

許怡琳猛地吞下最後一字，快速掛斷電話，她聽見房外有腳步聲往這靠近。

是陳河森回來了。

許怡琳只來得及匆匆把這通電話的記錄刪除，但還沒倒地裝昏，就見到黑瘦的男人已經走進房間裡。她忍不住倒抽一口氣，久違地感受到血液倒流、身體發涼的滋味。

陳河森的手裡拿著一把厚重的大菜刀。

許怡琳自己也買過那種菜刀——那是專門剁骨用的。

他拿著這刀……難道他真的想殺了自己的女朋友嗎？

陳河森像是沒想到黃立婷會那麼快醒過來，他怔愣一下，緊接著又發現她的手裡握著手機和那張名片。

「妳想打電話給誰？」陳河森慢慢地走進房內，他的語調平淡，和之前的暴怒發狂判若兩人，可眼中的陰鷙戾氣令人望了膽寒，「妳想打給妳的姘頭嗎？妳想找他來救妳嗎？妳做夢！」

如雷的大吼猝不及防地砸下，令許怡琳本能地顫了顫。

陳河森長臂一探，粗暴地揪住了「黃立婷」的頭髮。

驟來逼近的陰影和施加在身上的暴力——即使她無法真正地藉由這具肉體感受到疼痛——讓許怡琳一陣暈眩，眼前好似產生了詭異的黑影，有誰在她耳邊大笑。她尖喊一聲，下一秒就發現自己已脫離了黃立婷的軀體。

像個旁觀者瞧見陳河森抓著黃立婷的腦袋，往後方的衣櫃就是使勁一撞。

沒了許怡琳的依附，黃立婷的雙眼登即闔上，再沒了其餘反應。

陳河森只以為是自己把人撞昏了，他啐了一聲，鬆開手，任憑失去意識的黃立婷滑靠著衣櫃滑坐至地上。

女孩的半張臉腫脹不已，將一隻眼睛都擠得有些變形，嘴唇被牙齒磕得全是血，看上去駭人不已。

陳河森把菜刀往旁一放，檢查起黃立婷的手機，確保她沒有打電話報警或跟誰求救。

許怡琳暗道好險，幸好她先把封連晨的號碼刪了，否則還不知道會變得怎樣。起碼封連晨要是趕來這裡的話，還可以來個出其不意的偷襲。

陳河森將昏迷的黃立婷往房外拖，也不管她的手腳或頭是不是撞到牆角、櫃角，拖到了浴室裡面。

許怡琳猜不出來陳河森究竟想幹嘛，直到她聽見他喃喃了一聲。

「不知道人肉是不是鹹的……」

說著這句話的男人露出一抹怪異的笑容，雙眸閃動著異常熾烈的光芒，就好像對於接下來要做的事格外迫不及待。

許怡琳幾乎要頭皮發麻，看陳河森像看一個披著人皮的怪物。

陳河森又走出浴室，回來時，手裡不止拿著菜刀，還拿著繩子跟黑色的大塑膠袋。

他將黃立婷五花大綁，再把人推到攤開的大塑膠袋上。他打量一下浴室周圍，似乎是覺得塑膠袋鋪得不夠多，又離開了浴室。

許怡琳心急如焚地緊跟在陳河森後面，奈何她現在就算附身進黃立婷體內，也不可能掙開繩索。

陳河森嫌扯開塑膠袋麻煩，整捆拿起，正要走回浴室，在經過客廳的時候卻驚見到大門不知道何時開了一條縫。

「媽的！」陳河森第一直覺是黃立婷跑了，他一箭步衝至浴室，但女孩仍舊昏迷不醒，更遑論是掙脫繩索，逃離屋外。

陳河森怔愣在浴室門口，緊接著他瞳孔收縮，一個猜想猝然如閃電竄進他的腦海。是別人……有個他和黃立婷以外的第三人開的門！

他（她）潛進屋子裡了？還是說……

駭人的陰沉掠過陳河森的臉，他緊握菜刀，邁步再走回客廳，把大門上鎖，又將旁邊的櫃子使力推向門前。

如此一來，那個闖入的不知名傢伙就算想逃跑，也沒辦法立刻逃離這個屋子。

「出來！」陳河森雙眼充血，粗啞的喊聲宛如犬類低吠，持刀的手背青筋一條條迸現，「不想死的話就給老子滾出來！」

明知道陳河森聽不見自己的聲音，許怡琳還是反射性緊捂著嘴巴。她瞠大的眼眸中倒映出陳河森——以及陳河森背後冷不防冒出的人影。

是封連晨！

封連晨及時趕到了，還神不知、鬼不覺地侵入陳河森的家裡。

躲在另一扇門板後的封連晨手裡提著高爾夫球桿，他就像獵豹安靜又耐心地蟄伏不動，等到獵物暴露出了空隙，馬上迅雷不及掩耳地出手。

「啊！」許怡琳還是忍不住驚叫出聲了。

陳河森的神情驀然大變，但不是聽見許怡琳叫聲的緣故，而是他發現地上多出了自己以外的影子。

有人在他的背後！

陳河森想也不想地旋身往後揮刀。菜刀撞上堅硬的高爾夫球桿，發出撞擊的音響。

陳河森終於看清入侵者的面容，一個斯文的小白臉。他不曾見過這個人，但直覺告訴他這就是黃立婷那賤貨勾搭的封連晨！

怒氣如大火燎原，染紅了陳河森的眼，他發出更接近獸類的吼叫，再一次揮著菜刀往封連晨的方向劈砍。

「學弟小心！」許怡琳急忙提醒，拔尖的語調尾音都在發顫。

可接下來發生的場景，大大地超乎許怡琳的預料之外。

她原本以為封連晨會陷入一場苦戰，雖說他和陳河森的體格差不多，但一個是保險業務員，一個是機車行老闆，體力上本就有著不小的差距，卻沒想到封連晨的身手意外靈活。

他先是利用球桿狠狠擊中陳河森的手腕，讓後者痛得握不住菜刀。在刀子摔落在地板之際，封連晨俐落狠辣地連擊陳河森的關節，讓對方反射性蜷起身子，隨後又朝他弓起的背一砸。

最後是在陳河森控制不住地趴跌下去的時候，往他的腦袋一敲。

本來還試圖爬起的陳河森頓時趴了下去，一動也不動。

「不……不會把他打死了吧……」許怡琳顫顫地往陳河森接近。

「打暈而已，我力道有拿捏好。」封連晨把球桿放下，漂亮的眼裡是一片冷淡，然而再看向許怡琳時，那份冷靜的情緒轉為詫異，「學姐，妳……」

「我？」許怡琳一開始不明所以，但注意到封連晨的視線先是停在她臉上又飛快移開，她反射性摸了摸臉，沒有什麼異常；但是當她不經意碰到眼睛時，發現她的眼睛竟是比先前更突出，彷彿再用點力就會掉出來。

許怡琳忙不迭轉過身去，用著微顫的聲音問道：「我現在是什麼樣子？」

「……不太好看。」封連晨老實說，「臉色慘白，眼睛突出，眼白出現點狀出血。脖子那裡有一條很深的倒V型凹痕，顏色是褐色。」

他只差沒說出「死相淒慘」四個字。

許怡琳意識到她死後的模樣顯露出來了，原來附在人類身上竟會讓她無法維持生前的明媚樣子。

「學弟，你可以……幫我一個忙嗎？幫我注意一下，我需要多久才能恢復原狀。」

「現在就是妳的原狀了，學姐。」封連晨直白地說。

這番毫不修飾的言詞像風一樣吹散許怡琳的糾結，她忍不住轉回來，雙手扠腰，一雙眼睛瞪得更突了。

「齁！你這人，我說的是原本的樣子，不是我的死相啦。」

封連晨雖然早已經知道許怡琳是鬼，但這麼一張慘不忍睹的臉龐還是讓他難以直視，目光往旁邊飄了飄。

「我遮著眼睛行了吧。」許怡琳捂住眼，「這樣應該沒那麼可怕了。」

封連晨終於可以把目光挪回來了，只需要面對膚色慘白的下半張臉還在他的承受範圍內。

「我會替妳注意的。」他許諾，「總不能讓妳嚇到學長。」

「我就是不想嚇到他嘛……」許怡琳嘀咕。

「好了，學姐，現在可以跟我說清楚到底是怎麼一回事了嗎？」封連晨嗓音輕緩，卻帶著一股不容置疑的壓迫感。

對於封連晨這位學弟，許怡琳其實是有一些怵他的。

她和封連晨名義上是社團學姐學弟的關係，但實際上並沒有交集，封連晨進社團的時候她早就畢業了。他們倆之間要說有什麼共通聯繫，那也只有岳景明了。

先前敢肆意地與他說說笑笑，那也是因為有岳景明在場的緣故。岳景明的存在就像潤滑劑，能讓氣氛無形中都緩和下來。

一邊聽著許怡琳解釋整件事情的來龍去脈，封連晨一邊把倒地的陳河森綁了起來，確保對方要是回復意識也不能自由行動。

這時候，虛弱的呻吟聲從浴室裡頭飄出。許怡琳和封連晨對視一眼，是黃立婷醒過來了。

「學弟，先報警跟叫救護車吧……黃立婷的傷應該不輕。」回想起陳河森肆無忌憚的暴力手段，許怡琳不禁哆嗦一下。

「再等等，不急。」封連晨的回答格外冷漠。

許怡琳不由得放下手，愕然地看向這名學弟，「怎麼會不急？人命關天，萬一……」

「學姐。」封連晨的唇角還是掛著優雅的弧度，他似乎只在岳景明面前才會完全褪下笑容，擺出最真實的模樣，「如果妳真的急的話，一開始就不是打給我，而是直接報警了。附帶一提，妳恢復原狀了。」

許怡琳根本無法為後一件事感到高興，眼中閃過一瞬的狼狽，像被人不留情揭穿難堪的一面。

「妳怕報警的話，黃立婷和陳河森這裡的線索會斷掉吧，這樣妳就不能追查妳自殺的真相。」封連晨的語氣沒有起伏，只是漠然地陳述一件事實。

可正也是這樣，讓許怡琳越發地無話可說。

許怡琳的沉默更突顯了封連晨說的是事實。

附身在黃立婷身上的時候，她有的是機會報警，這能最快解決一切，但她卻向封連晨求救。她明白這可能會讓封連晨陷入危險，但她下意識忽略，或是裝作這個可能性不會發生。

她甚至不是打電話給更熟稔的岳景明。

「妳沒打給學長，也是因為知道學長會選擇報警吧。」封連晨提步走向浴室，躺在地板上的黃立婷像躺砧板上待宰的魚，她無力地扭動著，想要擺脫眼下困境卻徒勞無功。

黃立婷聽見了腳步聲出現在門外，她艱困地轉動著腦袋，讓雙眼對著浴室門口。首先映入視野內的是一雙腳，往上看上去，赫然是封連晨的臉。

「連晨……」黃立婷湧出狂喜，她以為自己大叫出聲了，但從糊著血塊的嘴唇裡溢出的只是虛弱不堪的細弱聲線。

在黃立婷的眼中，封連晨就像英雄到來，即將救她離開這片水深火熱。她熱切萬分地緊盯著封連晨不放，甚至都忽略了他為什麼會知道這個地址，還那麼及時出現的異常。

許怡琳訝然地看看封連晨，又看看黃立婷，後者的語氣過度親密，一點也不像是只見過一次面。

難道在她和岳景明不知道的時候，封連晨私下和黃立婷有過更多接觸嗎？

封連晨不在意黃立婷親熱的態度會讓許怡琳怎麼想，他維持站姿，俯望著全身被綑綁的黃立婷，嘴角的弧度不變，但在這場合下就顯得格格不入。

「連……連晨？」黃立婷慢了好幾拍才意會到事情不太對勁，但她還是將封連晨視為救命繩索，「你快幫我解開，替我叫救護車……」

「只要妳接下來配合我，我就替妳鬆綁。」封連晨說道。

黃立婷遲鈍地眨眨眼，身上各處的疼痛更是讓她的思緒運轉得更緩慢。當她領會過來封連晨的意思，她震驚又不解地瞪大眼。

「或者，妳更想和陳河森待在一起。」封連晨側過頭，伸手指指浴室外，「他就在客廳，我是不介意再把他拖過來……」

「不！不！」黃立婷瘋狂地搖著頭，驚惶爬上她的臉，封連晨英俊的面孔這一刻在她看來竟變得可怖無比。

「那麼妳現在可以老實地告訴我……」封連晨紆尊降貴地蹲下，「妳為什麼要偷走許怡琳的手機，又是為什麼要把她的通話記錄清空？」

黃立婷的雙眼越瞪越大，用力得像要把眼珠擠出眼眶。封連晨的話語如同是一盆冰水，毫不留情地從她的頭頂澆淋下來，也把這一陣子的曖昧沖刷得一乾二淨。

黃立婷全身發冷，原來封連晨接近自己全都是蓄意的，他只是想藉此刺探更多消息。

「你跟……你跟許怡琳是什麼關係？」黃立婷虛弱又不甘地問。

「什麼關係與妳無關，妳只要回答我。如果妳願意說出真相，說不定妳還能藉此獲得一些好處。妳想想看，妳從殘暴還有殺人傾向的男朋友手下逃出，成為可憐又堅強的受害者。」封連晨溫柔的嗓音猶如惡魔的耳語，「社會大眾都會同情妳的，並且欽佩妳竟然還能成功逃生。」

黃立婷心動了，封連晨勾勒出來的藍圖吸引了她大半心神。

「你不會把我偷東西的事……說出去吧？」僅存的一絲理智讓黃立婷沒有立刻鬆口答應。

「當然。」封連晨笑得更和煦了，「我只是想弄清楚妳鎖定許怡琳手機的理由。」

或許是封連晨的言語太煽動人心，也可能是他的笑容輕易讓人不由自主地相信，黃立婷沒有太多的掙扎，就把她偷走許怡琳手機的緣由一五一十地吐露出來。

「是妙心師父……聖輝禪寺的妙心師父，她、她一直對我很好，很照顧我，然後……」

「妙心……」許怡琳輕聲呢喃，神情有絲恍惚，記憶裡好似有什麼被觸動，卻仍被一層薄薄的紗遮著，讓她抓心撓肺地只想要把那層紗弄掉。

在黃立婷斷斷續續的敘述中，那些被迷霧掩蓋的事實終於呈現在許怡琳和封連晨面前。

黃立婷曾受過妙心諸多照顧，對方也是引領她進入志工一行的人。對她來說，妙心是如同家人般的存在。

但有一天，妙心突然找上黃立婷，請她幫忙偷出許怡琳的手機，並把手機銷毀——也是這時候，她才得知許怡琳自殺身亡的消息。

黃立婷雖然認識許怡琳，但兩人交情普通，稱不上是親近的朋友，最多是一起在聖輝禪寺當志工的關係。

黃立婷也曾好奇地追問妙心理由，但妙心沒鬆口，只是一再央求她把手機偷出來。既然是親如家人的妙心拜託，加上一點尋求刺激的心情作祟，黃立婷最後還是答應了。

許怡琳住的公寓老舊，門也不是鋼製的防盜門，使用的也只是普通門鎖，碰巧黃立婷的男友懂一點開鎖技巧，兩人趁著樓下管理員打盹時順利潛入，拿走了許怡琳的手機和錢包。

黃立婷知道智慧型手機有多值錢，即使是二手貨也能賣得一個高價。她故意欺騙妙心已經將手機銷毀了，實際是打算等過一陣子之後，再把手機賣掉。

可她沒料到陳河森會先瞞著她把手機拿去通訊行。

「都是陳河森，都是他的錯……」黃立婷咬牙切齒，身體上的痛楚讓她的憤怒暴漲，轉換成彷彿能吞噬人的恨意，「如果不是他……」

許怡琳自是清楚黃立婷是什麼意思。

假如不是陳河森貿然將手機拿去轉賣，就不會引發後續的一連串事件。

可饒是黃立婷成為事件中的受害者，許怡琳也不會忘記最開始就是黃立婷偷走了她的東西，還惡意抹黑她的名聲。

「很好，感謝妳的說明。」錄完黃立婷的自白，封連晨也沒有毀諾，照一開始的約定，他打電話替黃立婷報警。

警方的效率很快，過沒多久警車和救護車都到來。

封連晨以報案人的身分被留下問話，除了手機一事外，其餘部分他都向警方說了出來——當然有經過稍微的調整。

目睹全程的許怡琳只能讚嘆封連晨的口才和臨危不亂的反應。

在封連晨的說法下，他成了碰巧來找黃立婷，卻撞見陳河森要對她痛下殺手、危急情況下只好出手的見義勇為人士。

救護人員將黃立婷和陳河森分別運上了車，警察繼續搜查屋內，屋外是好奇圍觀的鄰居。他們交頭接耳，猜測著陳河森家裡究竟發生了什麼事。

警察在陳河森的書桌翻找出不少小動物的分屍照片，還有一本記載詳細的分屍記錄，冰箱裡的保鮮盒甚至還放著一些帶血水的肉塊。

接著又在後院找到關在鐵籠內的黑狗，繼而在院內一角發覺有明顯掩埋過的痕跡。

一名警察上前查看，過不久，驚愕的喊聲響了起來，清晰地進入尾隨在警方身後的許怡琳耳中。

「發現小動物的屍體！不止一隻！」

第八章

夜色沉沉，萬籟俱寂，只有警察局依然亮著燈，還隱隱有人聲傳出。封連晨做完筆錄走出來，等在外面的許怡琳立即湊上去。

「學弟、學弟，你身手真不錯啊，跟岳小明有得比。」許怡琳稱讚道。

「在他家學的。」封連晨淡然說道。

「欸？」許怡琳眼睛一亮，「什麼時候的事？我怎麼沒聽說過。岳叔叔家的空手道教室有你這麼帥的學生，我應該會聽說的……啊，不過我倒是知道曾經有個美少女來練習，聽說迷倒不少小男生。」

她說到後來，忍不住竊笑一下，但也沒忘記她最初的問題。

周遭沒人，家家戶戶也都熄著燈，封連晨能聽到的就是野貓偶爾的嚎叫與許怡琳喋喋不休的追問。

她對他與岳景明是如何相識的很是好奇。

封連晨瞥了她明媚的臉龐一眼，冷冷說道：「是揍倒不少人。」

「啊？」許怡琳一愣，腦子轉了一圈後，猛地意會到什麼，不敢置信地叫道：「咦咦咦？那個美少女是你？！」

夜深人靜，她的驚叫實在太過刺耳，驚了野貓竄跑，還有別人家養的狗開始吹起狗螺。

「小聲點。」封連晨不只臉色不好看，語氣也很嫌棄。

「其他人聽不到嘛。」許怡琳嘀咕，不過還是乖順地放低音量。她可是感覺得出來，她若是再引得狗兒吹狗螺的話，對方會二話不說掉頭就走。

別看他對岳景明也常擺臭臉，但更像是在測試對方的容忍底線。

許怡琳擺出乖巧安靜的樣子，用閃亮的眼神無聲催促。

封連晨嘆口氣，娓娓說起他與岳景明的認識經過。

國中時的封連晨個子矮小纖細、臉蛋秀氣，長得像個女孩子，成為了班上男生的欺負對象。有次他被堵在校園裡偏僻的角落，抱著頭想要抵擋那些拳打腳踢時，國三的岳景明偶然撞見，臉色一沉地上前阻止。

說是阻止，根本是一拳一個將人打趴在地，把那些欺負封連晨的男生們打得嗷嗷叫；偏偏還專挑他們肉多的地方打，不容易留下瘀傷，接著又亮出他糾察隊隊長的身分。

在國中學生眼裡，糾察隊就是橫著走的存在，尤其岳景明還是三年級，學長的派頭加隊長的威嚴一壓下來，深怕被找碴的那幾個男生之後看到他時，怕得只想繞道走，也不敢再對封連晨出手。

畢竟岳景明底下還有一票與他交情好的糾察隊學弟妹，要盯著封連晨的班級太容易了。

而封連晨，在岳景明嫌棄他太瘦又太弱後，迷迷糊糊地就被帶到了空手道教室，從此開始了每個禮拜的練習。

在穩定的練習下，封連晨漸漸抽高、長開，不再如以前那般瘦小得像個小女生，落在他身上的驚豔目光也越來越多。即使岳景明畢業後，就算有人真找他麻煩，他所學到的招式也足以應付——不過這種事並未發生，岳景明交代了那些與他交好的學弟妹，要他們多關照封連晨。

封連晨就讀高中的時候，並沒有像國中那樣被班上同學欺負，他也學會了用微笑來應對很多事情，只是因為異性緣太好還是惹得高年級學長看不順眼，在校外找人要教訓他一頓。

好巧不好，又被岳景明撞見了。

當時高三的岳景明還取笑封連晨，怎麼老是讓他英雄救美？對於這個「美」字，封連晨回以了一個不高興的彆扭表情。後來那個學長就沒再來找他的麻煩了，封連晨想，應該是岳景明又做了什麼。

等到封連晨考上岳景明的大學，就被擺攤招生的他拉進了漫研社，而這時候的封連晨再沒有被人針對了，他已經可以游刃有餘地處理事情，不過岳景明三不五時還是會關照一下他，兩人的交情從國中一直到現在。

聽到這裡，許怡琳還有什麼不明白的？

「所以你刻意接近黃立婷，是為了幫岳小明。」她恍然大悟地說道。

封連晨冷冷瞟她一眼，「學長動作太慢了，這樣下去他這個月都別想好好睡覺了。」

許怡琳隱隱聽出他話中的不滿，曾經放話威脅過岳景明的她理虧地摸摸鼻子。

不過她還真沒想到，封連晨要岳景明速戰速決送她投胎的話不是說假的，居然不吭不響地早已鎖定黃立婷，在今晚成功獲得她的自白。

許怡琳飄在半空中，湊近了封連晨猛瞧。

她雖然比封連晨大好幾屆，他入學時她已經畢業，但也聽過封連晨的傳聞。這個學弟不只長得又高又帥，臉上還總是掛著優雅微笑，待人處事讓人如沐春風，因此王子名號不脛而走，但是在岳景明的早餐店，她見著的不是王子，而是臭臉任性少爺。

「你真的很喜歡岳小明耶。」許怡琳笑嘻嘻地說，又換來封連晨一個嫌棄的表情。

對方雖然一直散發出「妳好煩，別靠近我」的氣息，但也沒真的開口讓她滾，而且他雖說是為了岳景明而行動，但受益的卻還是她。

「謝啦，學弟。」她拍拍封連晨的肩，手掌不意外地穿透過去。

封連晨被冷了一下，又揮不開她的手，乾脆加快腳步往前走。

「別丟下我，好歹送我回去嘛，我一個弱小無助的女孩子走夜路很危險的。」許怡琳連忙追上去。

封連晨冷笑一聲，不知道是在笑她一個鬼走夜路哪裡危險，還是在嘲諷她的用詞不精準，也許兩者都有。

不過他還是腳跟一轉，以著有些厭煩的語氣說道：「快點跟上來，我送妳回學長家。」

岳景明是在隔兩天才知道封連晨和許怡琳究竟瞞著他做了什麼事。

當天凌晨，岳景明照慣例打著呵欠去刷牙洗臉，然後摸著黑開車出門。許怡琳沒有跟來，她說她要睡美容覺。

今天店裡有筆大訂單，附近的學校早上要開會，會議上的早餐就是交由岳景明的美又美來負責。

五十人份的餐點，七點就得準時送到。這數字乍看下不算太多，但對只有三人的美又美可是一項大工程。

「飲料最後十五分鐘再準備，藍藍妳專心站煎臺就好，小花負責烤吐司跟抹沙拉。」岳景明有條不紊地下達指令，他自己則是哪邊需要他就往哪邊跑，等於是負責 hold 住全場。

店外忽然傳來一聲喇叭，三人反射性抬頭，發現是送報的大叔。

大叔沒從機車下來，而是身手俐落地將報紙一扔，猶如是神射手一樣，報紙穩穩當當地落在了店外的桌子上。

「大哥謝啦！」岳景明打了聲招呼。

三明治都完成裝袋後，岳景明又和小花忙著裝飲料，藍藍得同時顧煎臺和櫃檯，這時候已經開始陸續有客人上門了。

將飲料和三明治都放進店內在用的藍色麵包箱，做了最後的數量清點，岳景明將早餐店交給兩名工讀生，獨自一人開車前往學校送貨。

等他再回到店裡，已經是半小時後的事了。

「岳哥辛苦了！」小花和藍藍連忙殷勤上前，想替岳景明一起搬後車廂內的那幾個麵包箱。

「我自己來就行，去去。」岳景明把麵包箱疊一起，輕易地扛著它們走進店內。

「今天有大生意喔，老闆！」店裡的客人見了打趣，「生意真不錯！」

「都是靠大家交關啦。」岳景明笑笑，見現在也不算忙，乾脆逮著這個空檔先吃起早餐，他也沒忘記關心一下兩位工讀生，「妳們吃了嗎？」

「我們晚點吃，老闆你先！」小花和藍藍異口同聲地說。

岳景明自己弄了份豪華總匯，又倒了杯熱咖啡，挑了一個空桌坐下。他本來想配著報紙的，但報紙現在在別的客人手上，他只好專心地吃著早餐。

「幹！虐待小動物的都垃圾啦！」前面一桌的客人冷不防大罵出聲。

「哇！許大哥，怎麼了？」小花被嚇得直拍胸脯。

「老許，你是一早吃炸藥還是撿到槍？」岳景明對著這名熟客抱怨，「別嚇到我家工讀生。」

「抱歉啦、抱歉啦……一時太激動。」老許趕忙道歉，「我是看到新聞……你們有看報紙了嗎？」

小花和藍藍不約而同地搖搖頭。

「報紙在你手上，我還來不及看。」岳景明端著自己的早餐，轉移位置，坐到老許的對面，「是什麼新聞？」

「就有人專門虐殺小動物……這種喪盡天良的人，活該他被抓啦！」老許自己就是有養寵物的人，對於這類的事件更是義憤填膺，「居然還是臺中人，真是丟我們臺中人的面子！」

「臺中的？」小花驚呼一聲，「離我們這裡近嗎？天啊，也太可怕……」

「挺近的，就我們西屯區……不過離你們早餐店這邊還有段距離啦。」

「幸好不是在附近，我家可是有養貓貓……不然真的要擔心死了。」

「不用擔心啦，人都被抓了。」老許舉起報紙，將新聞唸給兩位小女生聽，「現年二十六歲的陳姓犯人平時營造出愛護流浪動物的形象，暗中卻是故意利用食物引誘貓狗，這當中也不乏他人放養的寵物被蓄意引走……犯人將小動物關在家裡二樓，進行令人髮指的虐殺，之後再將屍體埋至後院……鄰居說常聞到院子裡有臭味飄出，還看見不少蒼蠅，以為是垃圾放太久臭掉了，沒想到竟是小動物屍體……」

「這個人好、好變態。」藍藍面露驚懼之色，「許大哥，他是怎麼被抓的？」

「上面是說他嫌殺動物不過癮，竟然想殺掉交往一年多的女朋友……嘖，真的垃圾耶！他女朋友也真衰，好在人沒事……」老許把後半部分唸出來，「我看看……黃姓受害人因及時向保險業務員的朋友求助，才驚險逃過一劫。上面寫說，警察趕到的時候，那個黃小姐全身都是傷，還被捆綁過，要不是那個封姓友人來得快，她可能就要被她男朋友分屍了。」

分屍！這駭人的字眼讓小花和藍藍都不禁倒抽一口氣。

岳景明卻是越聽越覺得有種既視感，當然不是指新聞內容，他身邊可沒發生過這種聳人聽聞的事。

而是在於——那幾位當事人的姓氏。

陳、黃、封。

不，不可能那麼湊巧吧……這未免也太扯了。

「啊，新聞還說犯人是個模仿犯，他收藏了一堆當年臺中食人魔的資料。」

「臺中食人魔？」藍藍疑惑地問。

「就是當年那個，很有名耶！」老許詫異地反望著藍藍。

「拜託，那都是七、八年前的事了，這兩個當時才幾歲，沒關注到很正常。」岳景明暫時壓下對新聞的疑惑，為小花和藍藍解釋起臺中食人魔的事。

原來當年有個機車行老闆心生歹念，和自己店裡的學徒姦殺一名女保險員，之後更是將其分屍裝袋丟棄。兩人被捕後，學徒自曝曾烹煮屍肉給老闆食用，這也才讓媒體為那名機車行老闆冠上了「臺中食人魔」之名。

聽完岳景明的說明，小花和藍藍不禁都一臉嫌惡。

「這真的……太、太噁心變態了。」

「所以犯人是想學那個臺中食人魔啊，心理肯定有問題啊！」

「最巧合的是……」老許的大嗓門迴盪在整間店內，「他也是機車行老闆！」機車行老闆，還正好姓陳，加上女朋友姓黃，旁邊還有個封姓保險員……這要是巧合，也巧過頭了吧！

岳景明心頭一震，差點打翻自己的咖啡。

「報紙給我看！」岳景明心急地搶過了老許手上的報紙，在臺中社會新聞版上一下就找到了那則新聞報導。

犯人名字，赫然就是陳河森。

「我靠……」過度震驚讓岳景明喃喃地吐出這兩字。他快速地掃過新聞內容，發現上面還提到犯人的女友尚在唸大學，還常去當志工，被記者稱讚為是想要救贖犯人、可惜未果的善良女性。

岳景明怎樣也沒想到才一段時間沒注意黃立婷和陳河森，就爆出了這麼一件大事。

等等，封姓保險員……岳景明的眼神躍上銳利，這個保險員要是不叫封連晨，他就跟對方姓。

岳景明馬上就想打電話給封連晨，但從店外進來的一人一飄轉移了他的注意力。

人是之前跟他哭訴貓咪走失的廖小姐，至於飄，當然就是據說睡飽美容覺的許怡琳了。

廖小姐一掃前幾日的低迷和沮喪，她看起來精神奕奕，笑容也重新回到臉上。

「老闆早啊，給我來一份牛肉蛋餅加蛋加起司。起司要雙份的，還要大杯冰奶茶。」廖小姐愉快地點完餐。

「沒問題。」岳景明端著自己的東西移轉到櫃檯內，同時又給許怡琳一記凌厲的眼神，要她待著別亂跑。

許怡琳狐疑地指指自己，見到岳景明用嘴形跟她說「敢跑妳就死定了」，她摸摸鼻子，直覺自己最好聽話留下，不然岳景明大概會像地雷一樣，一踩就爆。

「不過小明啊，我早就死了呀。」許怡琳飄到岳景明身邊。

岳景明才不理會自己的亡靈學姐，他替廖小姐倒了一杯大冰奶送上去，「廖小姐，今天發生什麼好事了嗎？」

「是超級棒的好事！」廖小姐迫不及待地和岳景明分享，「我的胖胖找到了！胖胖身上有打晶片，我昨天接到警察打電話聯絡，要我有空趕緊把牠帶回家！」

「等等，為什麼會是警察打給妳？」岳景明訝異地問。

說到這個，廖小姐就難掩氣憤，「你們有看新聞了嗎？就那個虐殺動物，還想殺掉自己女朋友的犯人……原來我家胖胖就是被他帶走的，被關在他家二樓，幸好沒真的出事！」

「不會吧，胖胖居然是被那個變態帶走的……」小花瞪圓了眼睛。

「幸、幸好牠沒出事，真的是上天保祐。」藍藍不禁鬆口氣。

「才不是上天保祐，是我跟學弟保祐才對啦。」許怡琳一時嘴快，把自己私下幹過的事抖了出來，「我們才是最大功臣耶！」

「喔？最大功臣……」岳景明陰森森地說，「不如待會跟我好好說說，妳跟封連晨那小子都幹了什麼好事吧。」

聽著岳景明特別加重「好事」兩字，許怡琳身子一僵，慢一拍地醒悟過來自己好像……說溜嘴了。

隔了一個禮拜左右，封連晨總算再次出現在美又美。

只不過他來的時候，發現店內只有岳景明，還有一位正襟危坐，還瘋狂對著他使眼色的幽靈學姐。

「如果是跟我無關的事就別跟我說。」封連晨一踏入店內就是一張沒有表情的臉，嘴角連翹也不翹，似乎微笑對他來說都嫌費力。

「你給我坐下，就是跟你有關的事。」岳景明鐵青著臉，將今天看到的報紙拍到桌面上，「封姓保險員，封連晨，你很行嘛……居然背著我自己做了一堆事，『結伴行動』這四個字你有哪裡聽不懂的嗎？」

「懂。」或許是察覺岳景明的怒氣不是那麼好撲熄，更甚者還會影響他未來的蹭飯生活，封連晨難得擺出了乖巧聽話的模樣。

「你以為自己是超人嗎？還敢跟陳河森單獨對上！」岳景明越說越氣，越氣就越想狠狠敲上封連晨的腦袋，看看對方當時究竟在想些什麼。

從許怡琳的嘴巴裡撬出那一晚發生在陳河森家裡的事太簡單了，岳景明只是稍加威脅，許怡琳就如倒豆子般把事情都說了。

岳景明簡直不敢相信，封連晨說有事要忙的那個禮拜，竟然是刻意跑去接近黃立婷，好從她身上挖出更多真相。

不，和黃立婷營造曖昧氣氛就算了……重點是他還獨自跑去面對一個有刀的危險分子！就算知道封連晨因為練過格鬥的關係，身手其實相當不賴，但陳河森那時候可是拿著據說能剁開骨頭的厚重大菜刀。這要是被劈中，絕對不是開玩笑的。

岳景明拿出學長的威嚴，毫不客氣地訓斥了封連晨一頓，最後更是撂下狠話。

「要是以後還敢自己來，不叫上我的話，就別過來吃午餐了！聽到了沒有！」

「聽到了。」封連晨做出保證，他可不想以後真的吃不到岳景明煮的飯，「我真的有聽進去，所以先幫我煮碗麵。我要加半熟蛋，青菜多一點，蔥不加，鹽要少一點，辣椒五分之一匙。」

「閉嘴，你要求有夠多的，有得吃就該偷笑了。」岳景明厲了封連晨一眼，但還是把對方的要求都記下。

在這個過程中，許怡林沒有被岳景明特意針對，因為她之前已經先被罵得狗血淋頭了。將煮好的麵端到封連晨面前，岳景明也在他對面坐下，「你這傢伙，說自己有事要忙，所以我先前有了新發現還來不及告訴你。」

「什麼？什麼？有新發現？」許怡琳氣鼓鼓地指責，「小明你幹嘛不先告訴我？我可不像學弟那樣有事要忙！」

岳景明冷冷一笑，笑得許怡琳不自覺縮著肩膀。

「我有新發現的那天，某人說要跑去盯陳河森和黃立婷，然後喔……」

許怡琳努力把自己的存在感縮得更小。那天她跑去陳河森家中後，等到陳河森被抓，她又留在黃立婷身邊觀察，直到昨晚才回到岳景明家。

「學長，你發現了什麼？」封連晨把話題拉回來。

「電話。」岳景明拿出之前印出來的通話記錄，把其中一個出現數次的號碼圈了起來，「我找到黃立婷他們真正想刪掉的那支號碼，就是這個。手機的主人叫做妙心，是聖輝禪寺的比丘尼，她和妳聯絡不止一次。」

「妙心、妙心……」許怡琳重複這個名字，「我知道她，我好像在哪聽過，我應該……」許怡琳的目光倏地呈現迷離，她像在直直望著前方，又好像穿過面前的景物，抵達更遙遠的地方。

「妙心。」封連晨也說了一遍，「就是她吩咐黃立婷，叫她去偷手機的。」

「什麼？你怎麼知道？」岳景明愕然地盯住封連晨。

封連晨低頭又吃了幾口麵，再抬起，「那晚她自己承認的，說明太麻煩，等等你自己聽吧。」

聽？聽什麼？這念頭剛閃過岳景明腦海，就見到封連晨掏出錄音筆放至桌面。開關按下，黃立婷虛弱的嗓音立即傳出。

「是妙心師父……聖輝禪寺的妙心師父，她、她一直對我很好，很照顧我，然後……」

隨著黃立婷吐露真相，岳景明的臉色也沉下來。

至今查出的線索都指向妙心跟許怡琳的自殺有相當大的關係。

妙心她……到底曾對許怡琳做過什麼？

下午快兩點，岳景明關好店鋪的鐵捲門，開車載著許怡琳前往聖輝禪寺。

既然確定了妙心跟許怡琳自殺前有聯繫，又為了某種原因要黃立婷偷出許怡琳的手機銷毀，不管她究竟做了什麼，她的心裡都一定有鬼。

封連晨和客戶約好要見面，沒辦法跟著岳景明他們一起，不過岳景明也答應等找完人會把今天狀況告訴他。

即使是平日下午，聖輝禪寺還是有一些人在參拜，大多是一些婆婆媽媽。

許怡琳這次也是留在聖輝禪寺外面等候。

岳景明一心想趕緊找到妙心，他目光掃了殿內一圈，找上了一名穿著僧袍的比丘尼問話。

「師父，不好意思，請問妙心師父在嗎？」

「你找妙心嗎？我幫你問問喔。」那名比丘尼和氣一笑，讓岳景明在原地稍待，不久後她又折返回來，笑容裡滲著歉意，「抱歉，妙心她今天不在。」

「那明天呢？我有重要的事想找她。」

「這……她明天也不在。真的很不好意思，妙心她有事請假了，五天後才會再回來，善信你要不要等之後……」

「這樣啊，我了解了……謝謝妳，師父。」岳景明也沒追問下去，他擔心問太多會讓面前的比丘尼心生懷疑。

岳景明在聖輝禪寺只待了不到十分鐘就出來。

許怡琳吃驚地瞪圓眼，「小明，你怎麼那麼快？」

岳景明臉色微微扭曲，許怡琳這種說法真是太有歧義了。

「妙心她不在。」他不多廢話，把重點拋出來，「寺裡的人說她請假了，還請五天，大不了就等五天後再過來。」

「臺中……」許怡琳忽地喃喃說。

「什麼？」岳景明不解地看向許怡琳，卻發現她的視線不在自己身上，而是轉了方向，直直地望著莊嚴大氣的聖輝禪寺，「學姐？」

許怡琳彷彿沒聽見岳景明的喊聲，雙眼怔怔地繼續凝望著同一個方向。

她在看聖輝禪寺。

「妙心在臺中……」許怡琳簡直像夢囈般地低語，「這個時間點，她人總是不在寺裡。」

「妳怎麼……妳想起來了？」岳景明連忙想扣住許怡琳的肩膀，但手只能穿過對方半透的身軀，「學姐？」

許怡琳還是沒分出點反應給他。

留意到禪寺裡有其他人要走出來，岳景明怕自己接下來對許怡琳的大呼小叫會被人當成腦袋有病，他拿出手機，佯裝在和人講電話的樣子。

「學姐！」這一回，岳景明音量加大，終於拉回了許怡琳的神智。

「咦？啊？」許怡琳如同大夢初醒，臉上還殘留著未褪的茫然，「小明，怎麼了？」

「我才要問妳怎麼了。」岳景明還是將手機貼在耳邊，大步走向自己的車，「妳剛是怎麼回事？叫妳也沒反應，還有……」

待岳景明坐回駕駛座上，關上車門，他眉眼嚴肅地盯住許怡琳。

「妳想起妙心是誰了？妳剛還說她這時間點都不會在寺裡，妳想起她會去哪裡了？」

「我……」許怡琳捂著額角，腦袋猝不及防竄過一絲的疼，像是有一小簇閃電劈落下來，同時也劈開了先前蒙覆在她記憶一角的那片紗，「我認識她，我認識妙心，我們在寺裡常有往來……」

「還有呢？她對妳做了什麼嗎？」

「我不知道……」許怡琳無助地搖搖頭，抬起的眸子染著無措，「我只想起來這些，我只能確定我們是認識的，但更多的……」

「那妙心會去哪裡？妳心裡有底嗎？」

許怡琳先是點點頭，繼而又搖搖頭。

這把岳景明搞糊塗了，「所以是知道還是不知道？」

「我應該是聽人說的，應該是寺裡有人告訴過我……」許怡琳語氣有幾分猶豫，似乎連她自己也無法篤定，「我現在的記憶裡有『妙心會在十月請假』這個訊息，但詳細的狀況……」

岳景明懂了，許怡琳只是想起片段，但這些片段還僅僅是表面的，更深一層可能要等她想起更多才有辦法。

聖輝禪寺不會把妙心的去向隨意告知外人，那麼就得想想其他的法子，或是最簡單的，直接等上五天。

岳景明的眉頭擰得緊緊，幾乎要打成死結，但沒過一會，他的眉宇鬆開。

這種事當然不能只有他一個人煩惱，當然是要拖封連晨一起。

無預警響起的電話聲讓窩在上鋪的黃立婷嚇一跳。

自從那晚陳河森被捕後，她也從陳河森家裡搬出來，搬回了還有空位的學校女宿裡。

黃立婷轉頭看看，宿舍寢室內只剩她自己一人，另外三名室友都還沒回來，只能她自己爬下去接電話了。

「誰啊……」黃立婷不滿地嘟囔，拿起話筒，不高興地「喂」了一聲，接著她的神情漸漸轉為困惑。

等到話筒掛回原位，黃立婷心裡還是茫茫然的。

打電話到她們寢室的是舍監，說大廳裡有朋友要找她，要她出來一趟。

誰會找她？男同學嗎？

黃立婷百思不解，學校的女宿管得嚴，男性一律不准放行進去，就算是同系同學也不行，除非有極為重要的理由.

黃立婷想來想去，只能往男同學身上猜想，不然對方也不會被攔在大廳裡。

而且還必須靠舍監通知，這表示對方應該沒她的手機號，也沒有 MSN 的帳號。

越是思索下去，黃立婷越摸不著頭緒，最後她放棄思考了，抓起手機，踩著拖鞋就離開寢室。

黃立婷走到大廳，正要問舍監是誰找她，一聲「嗨」就讓她後頸的寒毛豎起。

她還記得這個聲音。

黃立婷臉色變了又變，身體僵直，慢慢地轉過頭，迎上一張笑得優雅的俊秀面孔。

封連晨就站在女宿大廳的門口附近，笑盈盈地和黃立婷打著招呼。

但以往那張令黃立婷看了小鹿亂撞、心跳容易失速的面容，這一刻在她眼中看來簡直比什麼都還要恐怖。

黃立婷不自覺往後退一步。

「我們聊聊吧。」封連晨顯然一眼就看穿黃立婷想逃跑的意圖，笑著說道：「或是，我跟妳的學校聊聊另一件事，例如手機……」

「去外面的小七！」黃立婷立刻打斷封連晨的話，「就在那裡聊！」

超商離女宿不遠，走個一分鐘就到。

「你還想問什麼？」找了個最角落的座位坐下，黃立婷壓低聲音，眼底是藏不住的緊張，「我知道的都告訴你了，你不能再拿手機的事威脅我。」

「如果不是妳換了手機號碼又封鎖我，我也不需要特意跑這一趟。」封連晨說道。

黃立婷一時語塞，可隨即又想起她根本不該心虛，她換手機號碼沒通知封連晨明明很正常，她 MSN 封鎖對方更正常。

封連晨當初的接近就是別有目的，還逼著她自白偷走手機的事。經過那一晚，她已經完全不想再跟這個人有所牽扯了。

偏偏這人今天又主動找上門。

「所以你到底想做什麼？」回想起那晚浴室的場景，黃立婷控制不住地打個哆嗦，「許怡琳的事……」

「不是問許怡琳。」封連晨打斷了黃立婷的話，單刀直入地說，「我要問妙心。她不在聖輝禪寺裡，她去哪了？我聽說她這個固定時間點都會請假。問完我就會走，但要是妳說謊的話……」

黃立婷聽出封連晨的威脅之意，她咬咬嘴唇，猶豫半晌後，還是把自己知道的部分說出來了。

「妙心師父她應該是回老家了，她每年這個時候都會請假回老家一趟。」

「她老家在哪裡？」

「臺中南屯……我不確定是南屯的哪裡，但她有提過……」黃立婷拚命在腦中搜尋，她真的不想要封連晨再找上來了，那只會令她提心吊膽，「市場！對了，她老家有個白石市場。關於她老家我只知道這麼多了，真的，妙心師父她似乎不喜歡多提家裡的事。」

白石市場嗎？封連晨記下了這個名字，對黃立婷露出一抹看似真誠的微笑。

「非常謝謝妳的幫助。」

送走封連晨，黃立婷癱坐在椅子上。超商內的冷氣極強，但她的後背還是被冷汗浸濕了一小塊。

第九章

有了白石市場這條線索，要找出妙心的老家在臺中南屯的哪裡就相當簡單。臺中南屯，白石里。

開車過去都不用半小時，唯一要花一點兒心力的地方就是拿著照片去打聽妙心這個人。一開始岳景明以為靠照片找人應該很簡單——照片還是從聖輝禪寺官網上印出來的——妙心是比丘尼，穿僧袍，又是光頭，特徵極為明顯，然而現實卻打了他們的臉。

他們拿著照片，逐一地問著有沒有人見過妙心，但換來的都是搖頭否認。

第一天的尋人任務束了，岳景明他們一無所獲。

第二天他們又前往白石里的其他地方，想方設法地打聽妙心這個人，可依舊徒勞無功。

還是許怡琳突破了盲點。

「尼姑很顯眼，妙心回來這裡也不可能完全大門不出吧。只要她出門，照理說只要有人見到多少都會有印象……」

「妳想表示什麼？」岳景明挑高眉毛，等著許怡琳說出答案。

「變裝啊！」許怡琳一擊掌心，「電視上常演的，要是妙心戴上假髮，那麼我們找尼姑就完全找錯方向了……欸欸，你們說她會不會真的戴上假髮了？」

岳景明和封連晨對望一眼，身子瞬間都坐直了。

許怡琳的這一番發言，對他們而言無疑是豁然開朗。他們都被拘泥住了，下意識就認為妙心會以原本的形象返回老家，卻沒考慮過變裝戴假髮的可能。

「女人有頭髮跟沒頭髮差很多的。」在場唯一的女性振振有辭地說道，「學姐沒騙你們。」

「那問題來了，我們要怎麼弄到妙心有頭髮的照片？」岳景明問道。

這下子，封連晨看岳景明的眼神也毫不掩飾他的鄙視了。

「喂喂，你這什麼態度？」岳景明不爽地說。

「看傻子的態度。」封連晨直白地說，「學長，有種神器叫做ＰＳ……算了，這部分交給我來處理吧，我找人弄。」

封連晨的辦法簡單粗暴，也相當有用。

他找了一位擅長這方面的客戶幫忙，替妙心的照片做了點加工，讓她從沒頭髮變成有頭髮。保險起見，直髮、鬈髮的髮型都各弄一張。

果然就如許怡琳說的，女人有沒有頭髮簡直像是判若兩人。

拿到了封連晨客戶傳來的照片，岳景明載著一人一鬼，再度前往南屯白石里。依舊是拿著照片分頭去打聽。

岳景明決定再去一次白石市場，既然妙心曾特別跟黃立婷提過這裡，那麼她回來白石里後或許也會來這個地方。

岳景明拿著照片，開始一攤攤問過去。

有人瞥了一眼就敷衍地揮揮手，表示沒看過，但更可能是懶得理會。有人拿著照片仔細端詳，又叫了左鄰右舍一起過來看，好幾顆腦袋湊在一起，最末也是有致一同地搖搖頭。

岳景明沒有死心，拿著照片走近一個水果攤。攤主是名頭髮花白的老人，看到岳景明上門立即熱情地招呼。

「來看看啊，現在的蘋果很甜的，福壽山來的，要不要來一點？還有這柳丁，柳丁維他命C也高，吃多對身體很好的。」

「蘋果！」許怡琳戳戳岳景明的背，「小明我好想吃蘋果啊！」

「妳……」岳景明把「又吃不到」嚥下，瞄了一眼許怡琳垂涎的表情，他暗暗嘆口氣，還是掏腰包買了一斤蘋果。

聽說鬼可以吸走食物的味道當成進食，也不知道是真的假的。要是許怡琳沒辦法的話，頂多蘋果他自己吃掉就是。

「老闆，跟你打聽一下，你有看過這個人嗎？」接過老闆遞來的塑膠袋，岳景明沒忘記來白石市場的任務。

老闆湊上前，看著岳景明拿出的兩張照片——是同一個人，只不過有著髮型上的差別。

「這個……」老闆瞇細眼，手指比了比直髮的那張，「好像有點印象。」

「真的？你是在哪裡看到的？你認識她嗎？」岳景明心頭一喜，背後的許怡琳更是開心地握緊了拳頭。

「你等一下，我問問我老婆。」老闆扭頭往攤位內一喊，「欸，水某！妳來看看！」

老闆娘走出來，「幹嘛？我在後面忙欸。」

「這個帥哥想找這個人啦。」老闆把妙心直髮的照片拿給老闆娘，「我覺得好像有看過，但我想不起來……妳過來看一下，看妳有沒有印象。」

「我看看……」老闆娘把手往腰上的圍裙一擦，接過了照片，「啊這，這看起來好像美麗姨……但美麗姨已經過世了，而且年紀也不對……」

「美麗姨是？」

「我娘家附近的鄰居啦，照片這個看起來更年輕……我想起來了，美麗姨有個女兒，這應該是她女兒阿敏啦！她昨天還前天有來我們這裡買水果！」

「怪不得我就覺得我有印象。」老闆恍然大悟。

「大姐，妳知道她住哪裡嗎？」岳景明為了避免被人懷疑，飛快地掰出一個理由，「我以前跟她同公司，她很照顧我，但最近都聯絡不上她，她又一個人住，我有點擔心，所以才想過來看看她。」

「你們公司不是會有她地址？」老闆娘反問。

「因為我離職了，人事部不給我資料，我只記得她住在白石里而已。」岳景明苦笑地說道。

老闆娘與丈夫交頭接耳一番後，有些為難地說道：「歹勢啦，帥哥，詳細地點我不好跟你說，畢竟那是阿敏的隱私。不過她前幾天來買水果時，看起來氣色不錯，你應該不用擔心啦。你再多打幾通電話，說不定她就會接了。」

碰了個軟釘子，岳景明也不好再多打聽下去，如果引起老闆娘的疑心，讓對方去通知妙心就不好了。

「這樣啊，那我再打電話給她試試。」岳景明道了謝，離開市場後找了個沒人的地方拿出手機，假裝講電話，其實是在跟許怡琳交代事情。

「妳待會兒回去水果攤那裡，等他們收攤後就跟著他們。」

「跟著他們做什麼？我又不能跟他們說話，問出妙心住哪裡。」許怡琳有些洩氣地嘟囔。

「妳沒注意到老闆娘說了什麼嗎？」岳景明提醒她，「妙心是她娘家鄰居的女兒。」

「對齁！」許怡琳眼睛一亮，「只要老闆娘有回娘家的話，我就可以知道妙心住在哪裡了。交給我吧，小明。」

雖然這天的打探鎩羽而歸，但是水果攤老闆娘無意間透露的線索還是讓岳景明與許怡琳振奮不已，後者更是精神奕奕地去執行任務。

岳景明又打了通電話給封連晨，兩人決定等到許怡琳有消息後，再前來白石里一趟。

「小明、小明！我知道妙心住哪裡了，我看到她了！」

數天後，許怡琳興沖沖地回來了，只是登場方式讓岳景明差點罵了一聲「幹」。

因為許怡琳是從別人身體裡鑽出來的，不只那人打了個哆嗦，困惑地張望著是不是店裡有開冷氣，正在找零的岳景明也險些被嚇掉手上的零錢。

「這是找你的四十五元。」岳景明努力維持住笑臉，將零錢遞給客人，在對方轉身離開後，立即惡狠狠地瞪了許怡琳一眼。

「妳是想嚇死誰？」他用氣聲說，以免被工讀生聽到。

「哎唷，我太激動了嘛。」許怡琳搔搔臉，接著又興致勃勃地說起她的跟監行動，「我跟你說，水果攤老闆娘的娘家其實沒有很遠嘛，就在白石市場附近，走個十分鐘就能到。妙心家真的就在隔壁，而且我看到的妙心是短直髮耶。」

她用著猶如發現新大陸般的語氣說道。

岳景明一心二用，一邊替客人點餐，一邊聽她說話，篩選出想要的資訊。

「小明、小明，我們什麼時候過去？」許怡琳坐不住，乾脆跟在岳景明身邊叨叨唸唸。

「中午。」岳景明壓低聲音回覆。

等到封連晨上門吃過午餐後，兩人一飄便正式展開行動，開車前往白石里。

依著許怡琳的指示，岳景明把車子停妥，坐在車裡可以看到對面的一排透天，有著紅鐵門的那戶正是妙心的家。

一會兒過後，有人從屋裡出來。

那是一名短直髮的中年女人，手裡提著包包，一副要出門的姿態，而那張面孔就和照片上的妙心一模一樣。

「是她，她就是妙心！」許怡琳扯著嗓子喊。

發現妙心拿出鑰匙，準備發動停在大門外的機車，岳景明使了記眼色給封連晨，兩人一箭步衝上去，攔阻在妙心的前後。

妙心被突然出現的兩名男人嚇到，下意識就要催動機車油門，但封連晨卻仍是站在機車前面，眼神挑釁又無懼。

妙心當然不可能真的撞上去，她不得不熄了火，表情不太好看。

「你們是誰，想做什麼？」她沉聲問道。

「妙心師父，我們只是想問個問題。」岳景明搶在妙心開口前，先點破了她的身分。

妙心微微睜大眼，像是不明白這兩人為什麼會知道她是誰。

「黃立婷妳認識吧，許怡琳妳也認識吧。」岳景明接二連三地扔出問題。

乍然聽見這兩人的名字，讓妙心的臉上閃過剎那的吃驚，隨後又鎮定下來。

「是的，這兩位我都認識，她們在寺裡當志工。有什麼不對嗎？」妙心沉著地反問。

她的乾脆承認，反倒讓岳景明有種一拳打在棉花上的感覺。

「如果你們再不讓開的話，我就會喊人跟報警了。」妙心發出通牒。

「然後讓他們知道妳其實是聖輝禪寺的尼姑，還可能害別人自殺？」封連晨比岳景明更會抓住別人弱點。

「對於許怡琳的自殺，我也深感遺憾，但憑你們這句話。我其實是可以告你們毀謗的。」

妙心眉眼一沉，「無憑無據的事，別亂說比較好。」

「我可沒說是誰自殺，妳別急著對號入座。」岳景明冷冷地說，「妳為什麼要叫黃立婷去偷走許怡琳的手機？還把通話記錄都刪掉，妳就那麼怕被人知道妳跟許怡琳有過聯絡嗎？」

「我聽不懂你在說什麼。」妙心沒有因此鬆口，「立婷手腳不乾淨，為什麼要牽扯到我身上來？」

「明明就是妳叫黃立婷去偷的！」許怡琳忿忿地嚷，然而她的聲音是傳不進妙心耳中的。

「黃立婷已經跟我們坦承了。」岳景明擰緊眉頭，對於妙心的油鹽不進感到棘手。

「然後呢？」妙心泰然自若地問，「她說了就是真的了嗎？你們有具體的證據嗎？你們不能只是靠著立婷的片面之詞，就把過錯推到我的頭上。」

她嘆了口氣，「立婷做錯事我覺得很難過，但許怡琳自殺一事是真的與我無關。我不懂立婷為何要故意刪掉通話記錄，並誤導你們找到我這裡來，但我與許怡琳並沒有任何糾紛，不信的話，你們可以去問寺裡的志工與師姐們。」

她坦然的態度反而令岳景明堵得一時說不出話。

「妙心師姐是我們寺裡的資深比丘尼，跟在聖雲法師身邊一起修行，對我們志工都很親切、很照顧。」

志工曾經說過的話閃現過岳景明的腦海。

沒錯，他們手上握有黃立婷的自白。但光憑這個，卻難以指證據說對志工很是照顧的妙心。他們沒有更實際、具體的證據去證實妙心與許怡琳的自殺有關。

「請讓開，我還趕著去買東西呢。」妙心朝封連晨擺擺手。

「學弟，不能讓開，她在說謊！」許怡琳急得想擋在封連晨和妙心的中間。

封連晨沒理會許怡琳的急切，而是向岳景明投去一眼，後者繃著臉，朝他微搖了一下頭，要他別再攔著妙心。

眼下的狀況，他們根本拿妙心沒轍。他們必須要再掌握更有用的證據，才有機會從妙心口中撬出真相！

岳景明和封連晨又回到西屯了。許怡琳沒有同行，她堅持要留在白石里監視妙心的一舉一動，最好要逮著對方的小辮子。

「就算她洗澡上廁所，我也會好好盯緊她的。」分別時，許怡琳信誓旦旦地這麼說，「絕對連她用幾張衛生紙都知道！」

岳景明才不想知道這種事情。

就算在尋找真相上面碰了壁，但岳景明明天還是得一大早爬起來工作，洗完澡刷完牙，他就把自己扔到床上了。

一樣是沾到枕頭就迅速昏睡過去。

然後岳景明又做了惡夢。

黏稠的黑泥在他身下翻滾，慢慢地吞沒了他的雙腳。即使岳景明拚了命地想要逃出這片黑色的沼澤，但雙腿就像是在黑泥裡生了根，怎樣也無法驅動它們。

該死……動啊！動啊！岳景明焦慮地東張西望，想尋找可以救援自己的物品。

放眼望去，周圍都是一片昏暗，壓根看不見其他東西的輪廓。

岳景明不想放棄，但沼澤裡的黑泥翻騰得更激烈，它們飛濺出來，化作黝黑的繩索，牢牢地綑綁住他的四肢。

尤其是關節部分，那裡被纏得更緊。

黑繩往四面八方拉扯，手腳關節疼痛不已，疼得讓岳景明在夢裡甚至忍不住大叫出聲。

「啊！」岳景明從夢中驚醒過來，全身汗涔涔的，猶如從水裡剛被打撈起來。

鬧鐘的時間顯示現在才凌晨三點多，窗外仍被沉沉夜色籠罩。

岳景明把鬧鐘放回床頭櫃，抹了把臉，身上黏膩的汗水讓他覺得不太舒服，他下床想換一套新的睡衣。

衣櫃立在牆邊，幾乎要和黑暗融為一體。

岳景明打開燈，好尋找合適的衣服，但房內的燈光剛亮起，他就後悔這個動作了。

房間裡多了一個人。

不，嚴格來說不能稱為人，而是有著人形的黑影。從輪廓看是一名女人。

但不論黑影是男是女，都改變不了它不是人的事實。

岳景明的一顆心幾乎都快跳出喉嚨了。要不是有過經驗，或許他會嚇得連站都站不住，直接一屁股跌坐在地上了。

任誰大半夜看見自己房間裡多了這麼一個……東西，恐怕都難以維持冷靜。

「妳……妳是什麼人？」岳景明結結巴巴地說，有些後悔自己怎麼不把許怡琳帶回來了。有她在，起碼他會安心許多。

黑影沒有回應，保持沉默。

岳景明又小心翼翼地抛出幾個問題，但黑影還是一聲不吭。

岳景明煩躁地抓抓頭髮，那他離開這總可以了吧，他可不想和一隻阿飄同處一室。

岳景明二話不說走向另一間房間，然而黑影竟是安安靜靜地跟上來，彷彿要跟著他前往天涯海角。

岳景明嘗試地往其他地方走，黑影猶如擺脫不了的背後靈，就是要跟著他不放。

最後，岳景明只能回到自個房間，黑影站到了角落，像是把自己當成房內的一個擺設。

岳景明惱怒地罵了一聲「幹」，把棉被拉上蓋住他的頭，決定消極地來個眼不見為淨。

隔天，黑影還在。

岳景明起床時險些被牆邊的那個人形影子嚇得尖叫，他及時閉上嘴巴，但睡意徹底被嚇跑了。

別無他法之下，岳景明只能裝作自己什麼也沒看見，任隨那抹古怪黑影跟著他到早餐店，收店後繼續搭著他的車，前往了南屯白石里。

岳景明開車到妙心的老家附近，等著許怡琳從裡面出來。

他們昨天說好了，他下午會過來，和許怡琳確認一下目前的狀態。

幸好許怡琳沒把這事忘了，不然岳景明還真不知道該怎麼主動聯絡得上她。畢竟她一隻鬼，也沒手機可以打電話，而岳景明也不可能為了找許怡琳，就偷偷潛入妙心的家。要是大意被逮個正著，那就百口莫辯，只能被當成小偷了。

岳景明把車停在巷子口，坐在車裡耐心地等待。約定的時間剛過五分鐘，許怡琳的身影也從巷子內飄出來了。

許怡琳一眼就發現岳景明的車，她興高采烈地揮著手，朝車子飄過去，要像往常一樣穿過車門，坐到車裡面，劈頭就說——

「小明，我想起來了！」

「妳想起什麼？」岳景明精神一振，關切地問。

「我想起我有跟妙心吵過架，才不是像她說的，我們兩人沒有糾紛；但是吵架內容我想不太起來，只隱隱記得……我好像在跟她討要什麼東西，一直說『還給我』，但奇怪的是，我還有對她說『刪掉』……」

「還給我」跟「刪掉」是截然不同的意思，許怡琳究竟想要跟妙心討要什麼，或是拿回那東西後刪掉……等等，刪掉？

岳景明心頭一動，想起這個詞一般是用在檔案上，也就是說，極有可能是存放在電腦裡的資料？

「到底是什麼啊……」許怡琳雙手抱胸苦思，一臉糾結。

岳景明一時半會兒也沒個頭緒，決定之後再想，現在更重要的是……

「咳。」他輕咳一聲。

「怎麼了，你感冒了？喉嚨痛需要我幫你冰鎮一下嗎？」許怡琳舉起手，意圖探向他的脖子。

「冰鎮個鬼。」岳景明避開她的手，用眼神往後面瞟了瞟。

直到這時，許怡琳才注意到後座的人形黑影，驚得表情驟變。

「小明、小明，這是怎麼回事？你為什麼又帶了一隻鬼過來？這是有了新鬼要忘舊鬼的意思嗎？」

「什麼新鬼舊鬼，哪隻鬼我都不想要。」岳景明沒好氣地說道，「我都不知道她怎麼會跟著我的……她昨天半夜就出現在我房間裡，不會說話，但會一直跟在我後面。」

「欸？不會說話？」許怡琳好奇地扭過頭，看不出那道黑影究竟是長怎樣，「妳真的不會說話嗎？那妳記不記得自己叫什麼名字？」

「我叫方茹玫，我有一個三個月大的孩子……他被偷走了……我住在……」

方茹玫開口了。

按照方茹玫說的地址，岳景明驅車來到方茹玫位在石崗的家。下車前，他特地注意方茹玫的反應，對方只是喃喃低語。

聲音很細很輕，岳景明聽不清楚。

還是許怡琳把耳朵湊過去，直接轉述給他，「她在說她打了金鎖片給孩子，要保他平安長大……家裡還有一棵芒果樹，夏天會結出一堆芒果，院子都是芒果香氣……還說她以前很喜歡雜貨店裡的戒指糖跟果凍條……」

聽起來只是在緬懷過去，岳景明不以為意地開門下車。

他打量了下不算太新也不算老舊的建築物，鐵捲門拉下三分之一，裡面的紗門是關起的，但還是能看清楚一樓客廳是沒有人的。

岳景明按下電鈴，清脆悠揚的鈴聲頓地響了起來，很快的，他就聽到啪噠啪噠的腳步聲傳來。一名約莫五十多歲的中年女性將手往圍裙上擦了擦，匆匆走出來。

在看到門外的岳景明時，她明顯一愣，表情有些防備，但還是將紗門開了一條縫，「找誰？」

「不好意思，請問是方茹玫的家人嗎？」岳景明露出親和力極高的笑容，這招在早餐店裡對婆婆媽媽無往不利。

中年女子因為他的笑臉而放鬆了一些，紗門的縫隙變得更大了，讓她半個身子都露出來。她對岳景明搖搖頭，「沒聽過耶，你找錯家了。」

岳景明眼角餘光悄悄瞄向車內，方茹玫連抬個頭都沒有，他心裡暗嘆一口氣，繼續與中年女人攀談，從對方口中套出了她們一家住在這裡五、六年了，從來沒聽過方茹玫這號人物。

如果方茹玫記憶沒錯的話，方家人有可能是搬走了。

從中年女人那邊打聽不到什麼有用的資訊，岳景明本打算回車上，卻注意到對面是一間雜貨店，冷不防想起許怡琳方才說過的話。

「她以前很喜歡雜貨店裡的戒指糖跟果凍條……」

以前……那麼雜貨店裡有沒有誰還認識方茹玫？

岳景明想拿出車鑰匙的手一頓，當下腳步不止地走過去。

雜貨店裡陳列許多古早味零食與小玩具，一名拿扇子在搧風的老婦人就坐在桌子後，看見他進來，只是懶洋洋地抬了下頭。

岳景明隨手挑了可樂糖、戒指糖、香菸糖、大豬公、果凍條、巧克力足球，打算帶回去給小花與藍藍，一些還可以放在店裡給附近的婆婆媽媽懷舊一下。

他拿著一堆零食找老婦人結帳，並詢問對方是否認識方茹玫。

老婦人聽到這名字，一時間還有些茫然，後來岳景明又比向對面的房子，說是以前住那裡的人，老婦人才恍然大悟。

「少年耶，你是說阿玫啊。」她一邊瞅著對面建築，一邊壓低聲音，如同在說一個秘密，「我共你講，伊十三年前失蹤了。」

「失蹤？」岳景明有些訝異，他以為對方是病逝、自殺，或是被謀害，卻沒想到獲得一個預料外的答案。為什麼這裡的人會認為她失蹤了，顯然是沒有發現她的遺體。

不過方茹玫的確是死了沒錯，否則她的鬼魂也不會出現在他身邊。

「嘿啊，失蹤了。」老婦人搖頭嘆氣，似在惋惜，「伊的翁去報警，阮才知影。」

老婦人絮絮叨叨地說起十三年前的離奇失蹤案。

之所以離奇，不只在於它已經變成了懸案，還有方茹玫的丈夫竟是在她與三個月大的孩子失蹤了四天才發現不對勁而去報案。

丈夫的說詞是他為了賺錢養家，幾乎天天都加班，老婆為了他太晚回家的事，與他起了一點小爭執，之後幾天發現老婆不在，也只以為她是賭氣帶孩子回娘家。四天過去了，想說她氣該消了，打電話去她娘家一問，才知道對方根本沒回去。

丈夫的第一個想法就是老婆抱著孩子跑了，可是方茹玫的錢包、證件都在家裡，值錢的東西也都沒少，看起來不像是離家出走，他覺得事情不對勁，才決定報警。

警方上門調查，在浴室裡發現血跡反應，鑑定後確認是方茹玫的血，丈夫成了殺妻的最大嫌疑人。

丈夫抵死不認，大聲喊冤，懷疑是妻子請的保母有問題，但他卻說不出保母的名字與長相；再加上他與公司女同事有曖昧，警方一度懷疑是他殺掉妻小，再布置成失蹤假相。只是屍體一直沒有被找到，最後這起案子變成懸案，而丈夫也受不了輿論壓力，賣掉房子搬走了。

「原來是這樣啊……」岳景明聽完老婦人的敘述，跟著露出一臉唏噓的表情，「不過大姐，他們家當初真的有請保母嗎？」

「我毋捌看過。」老婦人搖搖頭，「伊兜若是有請，哪有可能親像伊按呢，啥乜攏毋知，伊一定講白賊。」

和老婦人道過謝，岳景明回到自己的車上，他沒有立刻發動車子，而是陷入沉思。

方茹玫的鬼魂是從妙心那邊帶回來的，她們兩人之間絕對有某種關聯性。

而結合方茹玫鄰居所說的那番話，假如方茹玫的先生沒說謊，他們家真的請了一位保母，那麼，那個保母究竟是誰？

「妙心！一定是妙心！」許怡琳斬釘截鐵地說。

「妳怎麼知道是她？」岳景明訝異地看向坐在副駕駛座的她。

「因為小明你在見過妙心後，方茹玫就出現在你房裡了，怎麼想都跟妙心有關，所以妙心一定是那個保母！」許怡琳振振有辭地說。

「妳也太武斷了吧。」岳景明想翻白眼了，「這種聯想太牽強了。」

「不，應該是妙心。」封連晨的聲音平靜地從手機裡傳來，進入了岳景明的耳中。

「怎麼連你也……」岳景明有些沒好氣地說。

去過方茹玫的家之後，岳景明便把車子開到南屯白石里，在妙心老家附近找了個不引人注意的地方停著，也沒下車，手機擱在旁邊，直接用擴音和封連晨說話；而許怡琳在妙心家裡待得無聊，就出來透透氣，看到岳景明的車之後就飄進來了。

「黃立婷曾經說過，聖輝禪寺的師父會去育幼院探望小孩，其中一位師父對小孩特別有辦法，聽說她以前當過保母。而那位師父至今仍跟黃立婷有聯絡，也是她想要成為志工的主要原因。」

「真的假的……」岳景明不禁咋舌，想起去聖輝禪寺時，一名志工也曾經說過，妙心就是黃立婷來當志工的原因。

隨即他眉頭一皺，想到另一種可能。

「但是，也許是方茹玫的丈夫在說謊呢？畢竟說不出自己家請的保母叫什麼，長什麼樣，聽起來的確有點扯……」

「不一定。」封連晨徐徐開口，從另一個角度分析，「照鄰居所說，她丈夫整天忙於工作，早出晚歸，就連老婆小孩不在家都認為是賭氣回娘家，也沒想過要打電話多問……很可能他們已經為了工作加班的事吵過好幾次架，夫妻關係緊繃，或是她丈夫對她的感情已經變淡了。對於家裡找了個保母的事情，雖然有所聞，但看樣子都是交由方茹玟處理。」

一人一鬼聽得專心無比。

封連晨繼續說下去，「他出門上班時，保母還沒來；下班回來時，保母也已經走了，雙方時間完全錯開是非常有可能發生的事。方茹玟也許跟他提過，但假如他沒放在心上……」

「那當然就會一問三不知，也難怪當初會被警方懷疑他在說謊。」岳景明認同他這個推論。

「方茹玟那邊還是問不出什麼嗎？」封連晨又問。

「要是問得出的話，我幹嘛還得跑一趟石崗？」岳景明回頭望了後座一眼，看不出相貌、全身漆黑的方茹玟還是不發一語地坐著，對他和封連晨的對話毫無反應，「既然黃立婷都這麼說了，總之我們就先認定妙心可能是那位保母。」

「不是可能，是一定！」許怡琳無比堅持，「這就叫做、叫做……學姐的直覺！」

岳景明直接給了她一記白眼，「會用上『可能』，也是因為我們沒有證據。」

「我明白了，小明你就放心交給我吧！」許怡琳驀地拍著胸脯。

「要交給妳什麼？」岳景明匪夷所思地看著她。

「我絕對會沒有死角地盯緊妙心，就連她睡覺也會一直守在她旁邊，當然還有上廁所跟洗澡……」許怡琳信誓旦旦地保證。

「後面兩個不用。就算妳做了，也別告訴我。」岳景明冷淡以對。

「學姐。」封連晨平淡的聲線從手機裡傳出，「妳多留意妙心的言行，看她會不會提到方茹玟或是當年的事。雖然機率可能不大，不過還是把握這兩天的機會吧，我們時間不多了。」

「怎麼會不多？我可以一直盯著……」許怡琳的話語噤下，她想起妙心只是暫時回老家，過不久又會再回到聖輝禪寺。

一旦妙心回到寺裡，許怡琳就無法繼續跟著妙心不放了——她進不去聖輝禪寺。

岳景明的眉頭也皺起，這確實是個大問題。

他們已經和妙心接觸過，對方如今是心生戒心。等到她回到禪寺，就算他們再找上門，她也可以找理由拒見。

得盡快想辦法利用僅剩的兩天，找到突破口，進而突破妙心的心防，讓她對許怡琳的事情鬆口。

他們的時間……真的不多了。

第十章

即使清楚必須趕緊在兩天內找到突破口，但岳景明也不可能拋下自己的生意不管，他還有早餐店要顧，只能先冀望許怡琳在盯梢的時候，有沒有獲得什麼重大發現了。

岳景明就算心裡焦慮，也不會把這份情緒帶到工作上，隔天到店裡上班，他看起來就和平常沒什麼兩樣，將在雜貨店裡買的零食分發給兩位工讀生，換來她們驚喜的表情。

方茹玫沒有再繼續像背後靈跟過來，這讓岳景明由衷地感謝起許怡琳昨日和她的溝通成功，說服她留在家裡，別再跟著自己到處跑。

經過前半段的忙碌，等到空閒時間，岳景明捧著咖啡站在櫃檯後，像在沉思什麼事情。

「欸欸，岳哥在幹嘛？」小花戳了戳藍藍。

「發、發呆吧。」藍藍推測道，「男人到某、某個年紀的時候，就容易出神發呆。」

「喂！別當我沒聽到。」岳景明扭過頭，故意板著臉，「什麼叫某個年紀，是當我多老？」

「不老、不老，明明你還是一朵花呢！」小花馬上拍起岳景明的馬屁。

「還花咧，亂形容。」岳景明笑罵道。

「所以老闆是、是在發什麼呆？」藍藍見縫插針，把問題再扔出來。

「誰發呆，我是在想一件失蹤案。」岳景明下意識脫口而出，一說完頓時皺了皺眉，這可不是適合跟兩個小女生討論的事。

「失蹤案？」藍藍和小花不禁驚呼。

就連店內唯一的一名客人也訝異地從報紙裡抬起頭，「失蹤案?老闆，該不會你身邊的人……」

「不是、不是。」怕引起誤會，岳景明趕忙否認，「是、是之前聽朋友講的，很多年前在石崗發生的。」

「石崗是哪裡？」藍藍茫然地問。

「我也不知道。」小花回予同樣困惑的眼神。

「在臺中，以前臺中縣的地方。」岳景明咂了下舌，「妳們兩個喔，都臺中人，對臺中也太不熟了吧。」

「石崗啊，那是我老家呢。」客人來了興致。

「張先生老家在石崗？」岳景明也沒想到事情會這麼湊巧。

「對啊，雖然現在比較少回去……」張先生朝岳景明招招手，「老闆，過來聊聊，說不定我聽過呢。」

小花和藍藍秉著好奇心也想湊過去，但一瞄見有其他客人上門，趕緊各司其職，精神飽滿地喊了一聲歡迎光臨。

有盡職的工讀生在，岳景明身為老闆就稍微偷閒一下，和面前的張先生說起了石崗的失蹤案。

岳景明沒把方茹玫和她丈夫的名字講出來，只是用了太太和丈夫來代稱。只是當他說到丈夫被懷疑無中生有，平空捏造了一個保母之際，張先生的神情一變。

「等等，這個我好像有印象……」張先生竭力思索，隨後放低音量，和岳景明做著確認，「太太該不會姓方吧？」

岳景明大吃一驚，「對，你也知道這件事啊？」

「我阿公就住那區附近，我聽他說過。」張先生搖頭嘆氣，「那件事當時鬧得很大，最扯的就是丈夫居然不知道保母長什麼樣。我阿公也算是看著那位太太長大的，對方以前常到他開的柑仔店買些零食餅乾……唉，沒想到就這麼失蹤了。」

糖果……岳景明心念一動，中午關了店後，他又開車去一趟南屯，在方茹玫以前住處對面的雜貨店買了戒指糖跟果凍條，還有一些小零嘴。

他決定試看看，如果供上祭品，方茹玫會不會想起更多事?

當夜，岳景明將零食放在桌上，又點香對著方茹玫的方向拜了拜，關著窗的室內彷彿有一陣風拂過，窗簾甚至輕輕晃動起來。

一股寒意無預警地爬上他的後頸，雞皮疙瘩頓地浮了出來，岳景明更是盯緊方茹玫，以為對方可能會出現什麼動靜時，一陣幽幽的聲音忽然鑽進他耳裡。

「岳～小～明～你怎麼可以只給她吃，不給我吃？」

「靠！」岳景明被嚇了一跳，迅速轉過頭，看見本應在妙心那裡的許怡琳竟然出現在身後。

因為貼得太近的關係，才會讓他後頸涼颼颼的。

「妳怎麼回來了？」岳景明不解地問。

「我感應到有點心……」許怡琳說到一半，對上岳景明過於犀利的眼神，只好老實交代，「妙心在唸經，我待在那裡有點難受，就跑回來了。」

她盯著桌上的各色零食，雙眼放出饞光，「小明、小明，我也要。你不能厚此薄彼、見異思遷、喜新厭舊、三心二意。」

「成語不是讓妳這樣用的。」岳景明翻了翻白眼，沒好氣地又拿出一些古早味零食，拜過之後就看見許怡琳手上真的出現了果凍條。

「嘿嘿，我要開動了。」許怡琳笑瞇了眼，嘶嚕嘶嘶地吸起果凍條。

岳景明懶得搭理她，目光重回方茹玟身上，有些訝異地微睜大眼，發現她正拿著一個戒指糖慢慢摩挲。

明明是黑乎乎的人影，連五官都看不清，岳景明卻好似能感受到她所散發出的懷念之情。

「方茹玟。」他輕喚一聲，怕驚嚇到她。

方茹玟抬頭，如同在看著岳景明，手上仍在把玩著戒指糖。

「妳丈夫說他不知道妳請的保母長什麼樣，為什麼？那個保母真的存在嗎？」岳景明問道，卻沒想到下一瞬間方茹玟竟緊握糖果，渾身顫抖起來。

隨著她越握越緊，岳景明看見桌上的戒指糖開始出現了裂痕，他聽到方茹玟發出如同雜訊般的噪音，又像是跳針的唱片在重複某些音節。

那些聲音扎得人耳朵隱隱作痛，岳景明心裡一驚，忙不迭看向同為鬼的許怡琳，後者一口吞掉果凍條，迅速衝上前安撫。

「冷靜，妳冷靜一些，不要暴走，小明只是想幫助妳……對，是為了找到妳的孩子……妳好好說話，這樣我們才能幫妳，才能早點讓你們母子團聚……」

興許是許怡琳不斷強調「孩子」的關係，方茹玫激動的情緒似乎緩和了一些，不再發出劇烈的刺耳聲音，但是她說出來的長串句子依然讓岳景明一個字都聽不懂。

許怡琳暗暗對他做了個「交給我」的手勢，又嗯嗯嗯地應和著方茹玫，不時點點頭，讓對話進行下去。

半晌後，方茹玫再次安靜下來，許怡琳吁了口氣，飄回到岳景明身前。

「方茹玫說在孩子出生之後，因為她丈夫忙於工作常常晚歸，她不滿孩子的事都落在自己身上，所以才決定請保母。她在報紙上刊登應徵啟事，沒過多久，就一名年紀比她大一些的女人來應徵了。」

「她丈夫工作忙，和那個保母過來的時間幾乎是錯開的，只見過一、兩次面，而且保母薪水也是她給的，有可能是因為這樣，她丈夫才說不出保母的名字和模樣。」

岳景明恍然，這也解釋了為什麼方茹玫丈夫被警方盤問時，連家中有請過保母的證據都拿出不來。

這落在當時他人的眼中，更加覺得她丈夫是欲蓋彌彰。

「除了這些之外，她還有說什麼嗎？」岳景明追問道。

「沒了。」許怡琳搖搖頭，「我本來還想多問點，但她又突然不說話了。真希望她不要講話都只講一半，好歹告訴我保母是誰，叫什麼名字，是不是就是妙心啊。哎唷，這種感覺真討厭，簡直像看推理小說看到後面，凶手是誰的那頁被人撕掉……」

她一個勁地碎碎唸，岳景明乾脆又拿香拜了拜，讓更多零食可以堵住她的嘴。

獲得方茹玫提供的訊息後，岳景明隔天下午又開車前往南屯白石里。

他先是確認妙心是否待在家裡，一確定人不在，不曉得是外出去了哪裡，他趕緊展開他的計畫，和附近鄰居打聽起妙心的事。

這方面進展得很順利。

岳景明鎖定了聚集在巷裡閒聊的幾位歐巴桑，上前和她們搭話。他長相端正，稱得上是帥哥一枚，被他一喊姐姐，幾個人笑得雙眼都瞇成一條縫，臉上笑容格外開懷。

「大姐，跟妳們打聽一下阿敏的事。」岳景明拿出了當初請人合成的照片。

「啊，你是說趙麗敏！」

「這就阿敏，美麗她家的孩子嘛！」

歐巴桑們湊近一看，一認出照片裡的人是誰後，紛紛打開話匣子，七嘴八舌地說起了妙心的事。

「她以前好像是嫁到臺北三重，後來離婚了……」

「聽說是生不出孩子……唉，女人沒辦法生小孩，怪不得她婆家要嫌。」

「後來也不知道是到哪裡去工作，聽美麗講，好像是臺中還臺東？」

「阿敏這孩子親緣淺啦，離婚，又沒小孩……後來美麗跟伊尪也不在了，就剩阿敏一人了。」

「她有時候還會回來老家……啊，最近好像有看到她。」

「對對對，我記得昨天還有看到，她又回來了啊……少年仔，你找她是有什麼事嗎？」

岳景明打了個馬虎眼，含糊應付幾句，人就趕快跑了。要是再被抓著多問，正巧碰上回來的妙心，那可就麻煩大了。

岳景明昨天就和許怡琳約好了見面時間，午後的陽光正盛，他可不想在外面被晒成人乾。他窩在車裡吹著冷氣，等候許怡琳的出現。

許怡琳來得很準時，只是出場方式讓岳景明想罵髒話。

「嘿！」許怡琳是從天而降，直接穿過車頂，猝不及防地降落在副駕駛座上，「我來了！」

岳景明當下正喝著飲料，險些被嚇得噴出嘴裡的可樂。

「妳就不能用正常點的方式出現嗎？」岳景明抽了張衛生紙擦擦嘴角，惱火地瞪向許怡琳。

「都是阿飄了要怎麼正常？」許怡琳理直氣壯，她不管怎麼出場，肯定都是穿牆、穿車出現的。

岳景明一時語塞，找不到話來反駁。

「小明，我跟你說，我掌握到了……噔噔！超有用的情報！」許怡琳迫不及待地向岳景明邀功。

「是鑰匙藏在哪裡的情報嗎？」岳景明隨口說道：「該不會是在門框上面還是盆栽下面。」

許怡琳目瞪口呆地看著他。

岳景明登時也一愣。不是吧，還真的被他說中了喔？

「為什麼你知道？你是會通靈嗎？」許怡琳捂著胸，抽了一口氣，表情誇張，「你居然知道她鑰匙在門框上！」

「我就隨便說……所以真的喔？」岳景明都佩服起自己的預知了。

「對，真的在門框上。」許怡琳宣布，下一秒又趕緊說道：「不過我要講的有用情報不是這個。」

「不然是哪個？」岳景明的好奇心被引出來了。

「妙心下午會出門，去圖書館看書，再到市場買東西，大概六點回到家煮飯。吃完晚飯後還會去附近的國小散步，作息真是健康啊。還有、還有……」許怡琳露出神秘兮兮的表情，吊足了岳景明胃口後才說道：「我看到妙心在整理房間，從抽屜裡拿出一個金鎖片盯了好久，還說了對不起耶。」

金鎖片？對不起？岳景明心念一動，冷不防想起了方茹玫曾說過，她打了金鎖片給孩子，要保他平安長大。

「那個金鎖片有什麼特徵？」他連忙問道。

「小小片的，前面刻了平安健康，背面則是刻了一個名字。」許怡琳答道。

「什麼名字？」岳景明追問。

「咳咳。」許怡琳清了清喉嚨，高聲給出答案，「那個名字就是──林、得、彥。」她將後三字咬得極重，如同要製造出戲劇效果。

「誰？」岳景明只覺這名字陌生極了，然而他的反問剛落下，一直安靜坐著的方茹玫倏忽有了動靜，纏在她身上的黑影猛地騷動起來，張牙舞爪如同狂相漸露的怪物一般。

不需要問，岳景明也知道林得彥是誰了。

「得彥、得彥……我的小彥……在哪裡？在哪裡……我要找到他……」方茹玫淒聲喊道，竟是離開車子想要往妙心家走去。

「等等，停下來。」岳景明忙開門下車想去抓她，但只抓到一手虛無。

許怡琳見狀，也伸手去攔方茹玫，「妙心現在不在家，妳又碰不到金鎖片，妳去了也沒用。」

方茹玫頭也不回地向前走，明明是大太陽，但岳景明竟能感到絲絲涼意在蔓延。

「方茹玫，妳現在去能做什麼？」他低吼，「妳冷靜下來，不要衝動，我發誓我一定會幫妳找到孩子的！」

方茹玫終於停了下來，身上的黑影也不再如先前騷動得厲害，只是微微起伏著，岳景明感覺到周邊的溫度又恢復正常了。

看著方茹玫默默地轉過身又重新回到車子裡，岳景明不由得鬆了口氣，他也跟著坐回駕駛座上。

聽著後方許怡琳嘰嘰喳喳地與方茹玫說話，岳景明靜下心來，將方才的情報再梳理一遍。

方茹玫孩子的金鎖片居然出現在妙心家，這不啻於是在宣告，妙心……趙麗敏，就是十三年前曾到方茹玫那邊幫忙照顧孩子的保母。

這個決定性的證據，對岳景明來說猶如是施打一劑強心針，他迫切地想將這個消息分享給其他人知道。

對，人，反正後面兩隻鬼都已經知道了。於是岳景明打了電話給封連晨。

封連晨那邊沒一會兒就接起電話。

「連晨，有進展了。」

「妙心那邊有重要發現了嗎？」

岳景明這話沒頭沒尾，但同樣參與到這件事當中的封連晨即刻就反應過來。

「啊，她就是當年去方茹玫那應徵的保母，學姐在她老家房間看到方茹玫兒子的金鎖片。如果利用這個，或許有機會突破她的心防，問出方茹玫和學姐的事。」

「你打算怎麼做？」封連晨直白地問。

這就問倒岳景明了。雖說他現在知道了關鍵證據的金鎖片存在，但如果直接向妙心挑明了，對方說不定會死不認帳。而他如果去報警，妙心也有可能提前將證據毀屍滅跡。

「你有什麼好辦法嗎？」岳景明只好把問題丟給學弟。

封連晨還真的有。

「裝、神、弄、鬼。」

第十一章

「這是什麼？」

岳景明看著擺在床上的假髮與復古碎花連身長裙，心裡隱約有不好的預感——對他自己的。

打從聯絡過封連晨之後，對方就把他從南屯區喊回來，要在他家碰面；許怡琳則是太好奇他們的計畫究竟是什麼，所以也跟過來了。

只是岳景明沒有想到，封連晨居然會帶來這兩樣東西。

許怡琳的眼睛亮晶晶的，不停在旁邊催促著岳景明拿起裙子讓她看看，岳景明才不想理她，只是一個勁地盯著封連晨。

「假髮跟裙子。」封連晨罕見地像是不覺得這是個蠢問題，以著愉快的語氣說道。

「我當然知道，但是為什麼要準備這個？這跟你之前說的裝神弄鬼……」岳景明聲音一頓，眼眸微微睜大，瞬地意識到他的盤算，「認真的嗎？我穿？明明你的臉比較適合女裝吧。」

「我太高了，骨架也比你大，不行。」封連晨露出一抹假笑，刻意微微低頭俯視岳景明，用以表示一百八十五公分的身高，接著又拿起連身裙往岳景明身上比劃一下，「這是店家的最大尺寸了，學長應該穿得下。」

他目光往岳景明臉上梭巡，唇角彎得更高了，「鬍子也得剃掉。」

「什麼什麼？」許怡琳一頭霧水，「不要排擠我嘛，女裝跟你們的計畫有什麼關聯？」

封連晨的心情似乎真的很好，沒有投以嫌棄的眼神，「我打算讓學長扮成方茹玟去套妙心的話。」所以他找來的衣服是八零年代風格的，假髮也特意修剪成方茹玟之前的髮型。

「這主意好耶。」許怡琳興匆匆地嚷道，「小明你快穿。」

「妳就是想看熱鬧吧。」岳景明翻了一個白眼，把一人一鬼趕出他的房間，看著鏡中的自己半晌，拿起電動刮鬍刀開始剃掉唇上的那撮小鬍子。

摸了摸變得光滑的皮膚，他嘆口氣，認命地拿起連身裙與假髮。

穿戴好之後，他把封連晨與許怡琳喊進來，難得換他對著他們臭著臉，眼裡還有一絲尷尬與彆扭。

「唉唷，不錯耶。」許怡琳繞著他打量，視線頻頻落在他臉上，似乎覺得沒有小鬍子的他看來很新鮮，「雖然還是高了點，不過上個妝應該可以糊弄人了。」

「學長看起來年輕多了，可以當我學弟。」封連晨也不吝發表感想。

「閉嘴吧你。」岳景明斜睨他一眼，不自在地拉拉裙子，下面涼颼颼的很不習慣。

「化妝、化妝。」許怡琳興致勃勃地出主意，「臉要再慘白一點，弄點紅色偽裝成血也不錯。」

「嗯。」封連晨點頭，又從袋子拿出一個東西給他，「變聲器。」

岳景明懷疑這一人一鬼就是想玩他，他皺眉瞄著鏡中的自己，拿了一個口罩戴上，遮住半張臉，滿意多了。

「去妙心那裡再弄，免得我出門會嚇到人。」他一錘定音，開車載著封連晨、許怡琳與方茹玫前往南屯區白石里；後者不知道為什麼突然不願待在他家裡，許怡琳再三交流都沒有用，只能帶著她了。

岳景明是特意挑晚上六點多過來的，把車子停好後，他視線緊鎖妙心家門口。依許怡琳之前的觀察，妙心吃過晚飯後會出門散步，算算時間，應該不用等上太久。果不其然，大約七點半的時候，妙心推開門走了出來，岳景明與封連晨趕緊下車，在許怡琳的把風下拿了備用鑰匙開門進屋。

客廳的燈是關的，岳景明也不打算打開而引起別人注意，他先快速地巡視屋內一圈，發現一、二樓都沒有看到電腦或筆電後，便拉著封連晨進到浴室裡，讓對方替他化妝。

封連晨對他先前的舉動表示不解，問道：「你在找什麼？」

「我想找電腦。學姐之前有想起一些事，她說她曾跟妙心吵過架，詳細內容容忘了，只記得她好像在跟妙心討要什麼，說了『還給我』跟『刪掉』。」

「刪掉……是指檔案嗎？」

「我猜是，所以我才想找看看妙心家有沒有電腦。」

「也許檔案不是存在電腦裡，而是存在隨身碟，或是燒成光碟。」封連晨提出另一個推論。

岳景明先是眼睛一亮，但很快又黯淡下來，忍不住嘆氣道：「這樣就更難找了。」

「不一定，只要能拿到她的把柄用來威脅她，就可以獲得更多關於學姐的情報。」封連晨那張俊美無儔的臉龐浮現一抹優雅笑意。

「簡直像個反派。」岳景明嘀咕。

「學長你說什麼？」封連晨的微笑轉為假笑。

「我說，該化妝了。」岳景明話鋒一轉，催促道。

封連晨捏住他的下巴抬高，接著拿出化妝品，開始替他進行變身行動。

沒過多久，鏡子裡映出的岳景明臉色蒼白，眼下還有兩道血痕，看起來可怖又陰森。如果不近距離仔細瞧，在髮型跟衣服的襯托下，真會以為他是年輕模樣的方茹玫。

他瞄了瞄自進屋後就一直安靜站在角落的當事者。

接著，封連晨又將配電箱的開關關掉，讓屋裡所有地方徹底陷入黑暗，僅有窗外的些許餘光投入。兩人各自找了個地方躲起來，耐心等候。

屋內很靜，牆上時鐘的秒針移動聲彷彿都被放大了無數倍，岳景明在腦內模擬著該如何突破妙心的心防，讓她吐露出十三年前的真相。

最重要的是，方茹玫的孩子究竟在哪裡？

「回來了、回來了。」許怡琳拔高的聲音從屋外傳來，下一秒就見她穿牆而入，激動又興奮地替岳景明鼓舞打氣，「小明上，快上！你可以的！」

「學長，你不行也得行。」封連晨壓低聲音說，「我都已經陪你擅闖民宅了。」

「誰不行了！」岳景明睨著一人一鬼，深呼吸一口氣站起來。

妙心打開門走進屋裡，習慣性地往牆邊一摸，按下電燈開關，但是預期的熾白光線並未盈滿整個客廳，透過從窗外映入的微微亮光，她還不至於伸手不見五指。

燈壞了嗎？妙心心裡剛冒出這個念頭，就瞧見前方站著一道人形黑影，她身子一僵，反射性後退一步。

黑影竟是往前移動一步，與此同時，還有一道幽怨的低低女聲響起。

「趙麗敏……」

那呼喚宛如來自深淵，又像是被砂紙磨過一遍遍。

妙心頸後的寒毛一根根豎起，猛一被喊，頓地僵在原地。十幾年來她聽到的都是「妙心」、「法師」、「師父」，已經很久沒有人叫過她的俗名了。父母早已過世，親戚也少有來往，出現在屋裡的人究竟是誰？

「趙麗敏……我找了妳好久，好久……」那黑影緩緩逼近，外頭剛好有車子經過，一閃而逝的大燈瞬間照出女子慘白的臉與眼下蜿蜒流出的兩道怵目驚心的血痕。

妙心心頭一跳，忍不住再退一步，但她隨即捏緊拳頭，命令自己冷靜下來。回老家這麼多次，都不曾出現過怪事，怎麼可能在事隔多年的今天才遇上？

她冷不防想起前些時候莫名攔住她，為了許怡琳而來的兩名陌生男人。

該不會是他們……

疑心一起，她看眼前的身影就覺得有那麼一絲不自然。藉著窗外微亮的光，她注意到那身影是有雙腳的。

而且雙腳是踩在地上。

這個發現讓她心中底定，伸手探向口袋裡的手機，對著那道身影低喝道：「妳是誰？擅闖民宅，還在這裡裝神弄鬼，是不是那個有小鬍子的男人讓妳來的。」

女子身體微微一震，已經適應屋裡能見度的妙心沒有錯過這動靜，她眼一瞇，拿出手機。

「再不離開的話，我會直接報警的。」她語帶警告，一邊謹慎地觀察對方，一邊將拇指虛壓在數字鍵上。

但是那女子卻突然低下頭，像是失了線的木偶一樣僵在原地，對妙心的威脅置若罔聞。

「最後一次警告。」妙心的語氣嚴厲了幾分，她已經摁下 110 三個數字，只差最後一個步驟就能撥打出去。

就在這時，幽幽的女聲再一次迴盪在客廳裡。

「趙麗敏……」

那聲音甚至比之前更陰森、更幽怨了，刮著人的耳膜，竟是冷得讓人骨子好似都能感受到一股涼意。

「金鎖片為什麼會在妳這裡……」女子終於抬起頭，彷彿被砂紙磨過的嘶啞嗓音迴盪開來。

妙心瞳孔收縮，心跳險些漏跳一拍，不敢置信地看著前方身影。

女子緩緩動了起來，一步、兩步，逐漸縮短雙方之間的距離。

「小彥的金鎖片為什麼會在妳這裡？」她淒聲問道。

妙心的手一抖，手機頓時落在地上，砸出一聲悶響。妙心想撿起手機，卻又不敢從對方身上移開目光。

就怕一錯眼的剎那會發生什麼事。

「我不知道妳在說什麼。」她勉強穩住心神，然而話聲卻帶著一絲她未察的動搖，那個她藏在心裡已久的秘密盒子終於被打開一角。

「妳不知道？」女子聲調越拔越高，「那個正面刻了平安富貴，背面刻了林得彥三字的金鎖片，妳怎麼可能不知道？」

「我不知道什麼平安健康的金鎖片……」看了那金鎖片十三年的妙心下意識說道，話一出口，她猛地咬住嘴唇。

「啊啊啊啊——妳知道、妳知道，妳果然知道！」女子的聲音淒厲得像刀一般要割裂黑暗，也扎得妙心心頭狂跳。

下一秒，與妙心還有幾步遠的黑影猝不及防地衝到她前面，嚇得她驚叫一聲，心慌意亂地向後仰，反倒重心不穩地跌坐在地。

女子居高臨下地看著妙心，長髮垂落，彷彿將她與妙心隔絕在裡面。

「妳偷走了小彥，拿走了金鎖片，妳把我的孩子藏到哪裡去了？為什麼要偷走我的孩子！」

我的孩子……

這四個字讓妙心渾身的血液幾乎要凍結了，塵封在記憶最深處的盒子被完全打開，一個名字浮現在腦海裡。

「方茹玫……」她倒抽一口冷氣，駭恐得睚眥欲裂，拚命搖著頭，「不可能，不可能！妳明明已經、已經……」

後面的話她說不出來，但女子以著陰森森的語調替她說了。

「已經被妳殺死了！妳蒙住我的眼睛，捆住我的手腳，把我關進浴室裡……」

隨著她的每一句話落下，妙心無法克制地哆嗦起來，臉上血色盡褪，本以為遺忘的畫面被一幅幅翻起，狹窄的浴室、滿是血的浴缸，以及——

她的呼吸一窒，在幽暗的微光中，感覺到女子的臉近得要貼上她，陰冷的氣息噴拂在她臉龐。

不可能的，這個世上只有兩個人知曉這件事。

一個活人。

一個死人。

方茹玫已經死了，那兩個男人不可能獲得任何線索，更別說派一個知道十三年前真相的女子來裝神弄鬼……

「鬼」這個字讓她猛地打了一個激靈，再看向眼前的女子，只覺得鬼氣森森，渾身彷彿散發著濃重怨氣。

「妳還記得嗎?妳殺了我、拿刀剁了我的手腳，將我的身體支解成一塊塊。」女子如同訴說著一個秘密貼在她耳邊說。

妙心顫抖得更厲害了，颳在周身的陰風彷彿將她的理智與冷靜也一併颳走，恐懼如瘋長的荊棘，轉眼間就纏綑住她的全身。

妙心呼吸急促，嘴唇嚅動，心臟好似快要從喉嚨口跳出來。

「對不起，對不起……」她雙手合十舉在胸前，喉頭緊縮，擠出了哽咽的聲音，「我不是故意的……我不想殺了妳的，我真的沒有辦法了，我只能這樣做了……」

「妳殺了我，偷走我的孩子！」女子的雙手圈住妙心的脖子。

好冷，太冷了，如同一大塊冰塊驟然貼上來，妙心打了一個哆嗦，顫慄竄過背脊，她的手指跟腳趾都控制不住地蜷縮起來。

「趙麗敏……」女子又喚了她一次，「我的孩子在哪裡？把我的孩子還給我——！」

聲音越拔越高，淒然得像是杜鵑泣血。

冰冷的十根手指在漸漸收緊，妙心漲紅臉，手臂胡亂揮動，想要抓下對方牢固如鐵箝的手，但沒有用，女子依然以著可怕的力氣掐住她。

「我的孩子在哪裡？在哪裡？在哪裡？在哪裡！」女子悲切的質問像是在尖叫，如同跳針的唱片般重複再重複，迴盪在客廳裡。

妙心痛苦難受地掙扎扭動，肺部在渴望氧氣，她需要呼吸、呼吸，她絕望地意識到，如果不說出來，她會死的！

這個念頭逼著她張開嘴，拚死從喉嚨裡擠出破碎的三個字。

「大……肚……山……」

刺骨的寒意倏然退去，連帶的還有空氣的流入，妙心大口大口地吸著氣，身體的顫抖還是停不下來。

她沒有看見女子的身子也震了一下，彷彿有瞬間的茫然地看向自己雙手，接著又看向妙心。

「他現在住在大肚山嗎？」半晌後，女子又問，音線似乎低沉了些，也少了之前的瘋狂與幽恨。

妙心沒有察覺到前後聲音的差異，閉上眼睛，放在腿上的手用力地握緊，「我、我……我把他埋在大肚山了……」

「妳殺了那個孩子？」

「對不起，真的很對不起……」妙心淚流滿面，雙手再次合十，向前方的女子祈求原諒，「我不想這樣的，我不是故意鬆手的……我那時候太生氣了，我以為有個孩子他們就會滿意了，但是我前夫早就在外頭有女人了，那女人還懷孕了……我聽到他跟他媽說要休了我，我被憤怒沖昏頭，所以我、我……」

她咬著嘴唇，難以啟齒。

「妳摔死那個孩子，把他埋在大肚山了。」

妙心如遭雷擊，整個人像被抽了骨頭般癱伏在地板，額頭抵在手背上，痛哭起來，邊哭邊斷斷續續地道歉。

半晌後，前方的黑色身影忽地幽幽說道，「都錄起來了嗎？」

妙心猛然抬起頭，她聽出來了，說話的根本不是女性嗓音，而是一道男中音。

「錄好了。」

第二道男聲響起，隨著話音落下，光芒驟亮，卻是從手電筒裡照出來的。

光線太刺目，妙心下意識舉起手擋在眼前，隨即手電筒的光不再直射她。她立即往前方的身影看去，那人臉色依然慘白，從眼下蜿蜒的猩紅讓人心驚膽跳，但再仔細一看，就會發現那不是真的血，而是畫上去的。

「你不是方茹玫？」她愕然地問。

「我是不是，妳會不知道嗎？」那人拿下假髮，一雙銳利的眼直視著她。

這句話讓妙心一怔，緊接著她忽地慘然一笑。她怎可能會分不出來呢？只有方茹玫才知道那一天發生的事，只有方茹玫才會對她懷有這麼深的恨意。

「我……我真的很對不起她……」妙心像是短短時間內老了好幾歲，眼角皺紋越發明顯，肩與背也都垮了下來，「我一直想要生個孩子，符水也喝了，好多偏方也試了，拜的廟數都數不盡，就是無法懷孕……丈夫嫌我，婆婆也覺得我沒用，不是個好媳婦，我每天都在看他們的冷眼……好不容易我終於懷孕了，我婆婆終於不再對我冷嘲熱諷，我以為我終於可以盡到妻子與媳婦的責任，可是我卻意外流產……我不敢讓他們知道，我不想再被婆婆說我是不會下蛋的母雞了，所以我藉口說要回娘家安胎……然後，我在報紙上看到徵保母的廣告。」

妙心吸了口氣，整理紊亂的情緒，將十三年前發生的事全部說出來。

當時的妙心看到方茹玫刊登的保母應徵啟事後，心裡起了一個大膽的念頭，認為這是天賜良機，所以上門去應徵，被成功錄取了。

為了不引人注意，她都是從方家的廚房後門出入，等到方茹玫完全信任她之後，便趁方茹玫沒有防備時蒙住她的眼、捆住她的手腳，要她把嬰兒給自己。

她求了又求，不斷保證自己一定會照顧好孩子，但是方茹玫不肯，不斷掙扎反抗，甚至在聽完她的遭遇後，還諷刺她是不會下蛋的母雞。

這句話讓她腦中浮現丈夫與婆婆嫌棄的冰冷眼神，自卑與憤怒燒成一團火，也燒掉她的理智。

為什麼要這樣說她？

她也想要孩子，她比誰都還想要啊！

等到她回過神來後，不只雙手滿是鮮血，浴缸裡也是一片猩紅，方茹玫就泡在這灘紅色裡，再也沒了氣息，只一雙眼睛睜得大大的，如同無聲地控訴她的罪行。

她尖叫一聲，驚慌失措地扔掉刀子，渾身抖個不停。

她沒有想過要殺人的，她只是、只是想要方茹玫把孩子給她而已……

是外頭傳來的嬰兒哭聲讓她下定決心，絕對不能被人發現這件事。於是她忍住畏怕，從廚房拿來剁肉刀將方茹玫分屍，剁斷關節的聲音是那麼清脆，成了她難以抹滅的夢魘。

她邊流著淚邊哆嗦著將屍塊裝在垃圾袋裡，分批帶出去埋在大肚山。

之後她悄悄地把嬰兒帶回臺北，打算偽裝成這是她在娘家生下的孩子，卻在門外偷聽到丈夫出軌還有一個小孩的事實；而公婆竟然支持他休掉自己、改娶小三，讓那個孩子認祖歸宗。

公婆說：「沒路用的媳婦還是早早休了吧，免得對不起列祖列宗。」

彷彿有一盆冰水兜頭澆下，不只讓她全身發冷，心也一併寒了。

只因為她生不出孩子，無法傳宗接代，在他們心中就成了十惡不赦的罪人。

她像遊魂般抱著嬰兒離開了，一個人在路上走著，嬰兒醒來後一直哭，哭得她心煩意亂，只想叫他閉嘴閉嘴。

一直積壓著的情緒頓時如燎原的大火肆虐，激得她雙眼通紅，用著最粗暴簡單的方式讓那個孩子閉嘴。

她失控地將那個孩子摔死了。

看著頭破血流的小小孩子，她腿一軟地跌坐在地上，又慌又怕。隨著孩子的溫度漸退，柔軟的皮膚失去彈性，她才咬著牙壓下畏怕，匆匆將嬰兒屍體帶到大肚山，與方茹玫埋在一起。

後來她與丈夫離婚，心灰意冷出家，因為對方茹玫母子心懷愧疚，她每年都會請短假外出，去大肚山祭拜。

說到這裡，妙心如釋重負地吐出一口氣。這個秘密藏在她心裡太久，就算她遁入空門，罪惡感也並沒有因為時間的流逝而散去，反倒越變越重，壓得她心頭沉甸甸的。

假扮方茹玫的男子先是往她後方看一眼，接著目光又移回她身上，說：「她已經找到妳了，明天帶她去見她的孩子。」

句子裡的「她」是誰，不言而喻。

妙心苦笑地點點頭，「我會的，是我對不起她。」

男子的眼神瞬地變得尖銳，「妳對不起的，真的只有她嗎？」

妙心渾身一震，只能眼睜睜看著男子與他的同伴一塊離開，只餘她留在一室黑暗裡。

岳景明在關上門的那瞬間，看到方茹玫正靜靜站在妙心的背後，低頭如同在俯視的樣子。繚繞在她身上的黑色已經散去，露出她長髮披肩、穿著連身裙的纖細身形，然而她的四肢與脖子卻充滿一條又一條紅色痕跡，讓她的身體看起來像拼接過的。

岳景明猛地意識到，那些紅線大都是在關節附近……

他匆匆收回視線，大步往車子那裡走。

他走得又快又急，許怡琳跟封連晨都以為他是不想臉上的妝嚇到人，所以要趕緊回到車上，於是也配合著加快速度。

「小明你真行耶。」許怡琳飄在他身邊，掩不住興奮地地發表感想，「居然可以猜到那麼多，連方茹玫是在浴室被殺掉也說中了。還有威脅妙心的樣子，嘖嘖，太有魄力了，我都嚇到了，差點以為你要掐死她了。幸好鬼不會呼吸，不然我倒抽一口氣的聲音一定很大聲。」

她說著說著就被自己逗樂了，忍不住竊笑起來。

「演得真好。」封連晨也誇了幾句，「心理戰運用得很到位。」

岳景明一聲不吭，只是拿出車鑰匙嗶了一聲解鎖，迅速拉開車門坐到駕駛座上，身體一有了支撐，他緊緊攥住的拳頭終於鬆開來，強撐的那口氣也得以吐出。

「學長？」封連晨察覺到他的不對勁，因為車門還未關上，車裡的燈依然亮著，所以可以清楚看見他臉上都是冷汗，忙不迭湊近他，「學長？你怎麼了，哪裡不舒服？」

「小明你還好嗎？」許怡琳從擋風玻璃探進腦袋。

若是平時，岳景明定會要她別嚇人了，但現在他累得連叨唸她的力氣都沒有了，他吸氣吐氣，做了好幾個深呼吸之後，總算讓自己好過一些。

他接過封連晨遞來的衛生紙擦去臉上汗水，明明天氣涼爽，他卻出了一身冷汗，背部衣服都能明顯感覺到一股濕意。

迎著許怡琳與封連晨關切的目光，他閉了下眼又睜開，悶悶地說道：「我沒有演。」

「什麼？」許怡琳納悶地問。

岳景明朝她揮一揮手，要她不要趴在引擎蓋上、半個身體穿過擋風玻璃。許怡琳乾脆整隻鬼鑽了進來，穿過他們兩人之間，飄到後座去。

「剛剛的不是我。」岳景明又說了一句。

封連晨反應快，電光石火間就領略出他話裡的意思，「是方茹玫？」

「嗯。」岳景明點點頭，捏了捏眉間放鬆一下。

「等下、等下。」許怡琳從後座探出頭，「所以你之前的聲音不是變聲器弄出來的，而是方茹玫在講話？」看到岳景明又點了一次頭，她張大嘴巴，發出感慨，「原來是本人親自上陣啊，難怪那麼情真意切，我都起雞皮疙瘩了。」

岳景明不想吐槽她一個鬼根本起不了雞皮疙瘩，通常都是她讓別人起雞皮疙瘩。

「所以方茹玟全部想起來了。」封連晨用的是肯定句。

「我也沒想到她會突然附在我身上。」岳景明想起他用話套出金鎖片之後，身子的控制權就突然消失了，徹骨的冷意鑽進他體內，他只能眼睜睜看著方茹玟用他的嘴說話，用他的手掐住妙心。

與此同時，方茹玟經歷的痛苦也傳遞到他身上，他終於明白他前幾天所做的惡夢代表什麼，那是在暗示方茹玟的遭遇。

在夢裡，他的關節會特別疼，因為刀子就是從那裡剁下去的！

方茹玟附在他身上越久，他看到的越多，精力也消耗得越厲害。在妙心終於說出孩子被埋在大肚山之後，方茹玟才脫離他的身體，但留下的不適感還是讓他搖搖欲墜。

岳景明當時能與妙心對話，是靠著意志力在硬撐了。

「抱歉了，學姐，原本想趁機逼問出她對妳做了什麼。」岳景明歉疚地說。

「哎唷，沒關係啦。」許怡琳不在意地擺擺手，「你今天已經做得很好了，現在我們手上有妙心的自白，案子追訴期也沒過，我們隨時都能拿這個威脅她。」

「學姐說得沒錯。」封連晨拿出外套口袋裡的錄音筆，「明天她的短假就要結束了，我們再去禪寺找她。」

「你明天不是要上班？」岳景明不贊同地皺著眉。

「我見完客戶再跟你去，不影響工作。」封連晨晃了晃錄音筆，又把它收回口袋，唇角挑起，「這個交給我保管。」

最重要的證據都扣押在他手上了，岳景明還能拿他怎麼辦，哼了聲權當作是同意。

「小明、小明。」許怡琳忽然伸手拍拍他。

「想幹嘛？」岳景明被碰到的地方鑽進一股涼意，他打了一個激靈，順道甩了個沒好氣的眼神過去。

許怡琳吐了吐舌頭，趕緊收回手，擺出乖巧聽話的姿態，「你可以明天再來接我嗎？預防萬一，我還是留下來盯著妙心好了，而且我也想去大肚山看看她把方茹玫的孩子埋在哪裡。」

「也好。」岳景明同意了，多個保險總是能讓人安心，「那就交給妳了。」

「遵命。」許怡琳敬了個禮，又對他交代道：「你被方茹玫上過，還是用個柚子葉或艾草泡澡比較好。」

雖然知道她是關心自己，但這話怎麼聽怎麼怪，岳景明皺著眉，卻也沒力氣跟她爭辯用詞了，朝她擺擺手表示知道了。

許怡琳飄然離去，車上只餘岳景明與封連晨兩人。

「起來，跟我換位置，我來開車。」封連晨推他一把。

岳景明想想自己的狀態，乾脆起身與他互換位置，沒想到就只是下個車、繞個半圈的短短工夫，剛好有人經過，視線不小心掃到岳景明時，嚇得尖叫一聲。

「有鬼啊！」

「幹！」岳景明立刻坐進副駕駛座裡，砰的關上車門，連聲催促封連晨快開車，他可不想成為白石里的靈異事件。

車子很快絕塵而去，將驚慌的路人拋在後方，自然也不會知道白石里之後出現了一名怨氣重、雙目流血的女鬼專抓開快車的人的傳聞，導致這裡的車子都十分遵守交通規則。

第十二章

昨晚泡了個添加艾草的熱水澡後，岳景明早上醒來時覺得身子輕鬆不少，人也神清氣爽；最重要的是，他不會再一睜眼就看到房間角落有個黑乎乎的身影了。

雖然被方茹玟附身的感覺稱不上好，不過幸好有成功讓妙心自白。

只是岳景明還是有一件事很在意，如果他所做的惡夢都與死者生前的遭遇有關，那許怡琳的惡夢又暗示著什麼？

很苦的茶，將自己拖進泥沼裡的觸手，岳景明難以將這兩者與聖輝禪寺連結在一起。

因為掛念著許怡琳與妙心的事，中午十二點一到，岳景明就開始收拾東西，準備關店，小花與藍藍惋惜著無法看到封連晨，在那邊唉聲嘆氣，換來岳景明的白眼。

將午餐塞給兩個女孩子後，岳景明關門上鎖，開著車前往南屯區白石里，在妙心的老家前停車。

車子還沒熄火，許怡琳就興高采烈地穿車而入，一屁股坐在副駕駛座上。

「如何？」岳景明問道。

雖然這問題沒頭沒尾，但許怡琳還是領會出他想問什麼。

「妙心早上騎車去大肚山了，她把方茹玟的孩子埋在路邊一個草叢的下面，那裡還有一個小石碑，我有把位置記下來了。」

岳景明有個疑惑不知道該不該問出口，猶豫了下，他還是壓不住好奇。

「所以妳們三貼？」

「唉唷，這種事就不要在意了。」許怡琳轉移話題，「方茹玫她消失了。」

「消失？」岳景明一驚，「怎麼回事？」

許怡琳回想起山上的那一幕，將其娓娓道來。

她尾隨妙心與方茹玫前往大肚山，距離那個埋有小孩屍骨的石碑還有一段路時，看到有個十來歲的孩子站在那裡揮著手，彷彿在無聲催促她們快點過來。

男孩小臉白淨，一雙烏溜溜的眼睛像黑葡萄似的，綻出的笑容比陽光還要燦爛。

當初死去的孩子只有幾個月大，所以許怡琳一開始根本沒多想，真以為是哪家的小孩跑來玩，畢竟年齡根本對不上。

但是她卻看見方茹玫的表情先是浮現驚訝，接著轉為驚喜，迫不及待地迎上去，一握住男孩的手後，淚水滴滴答答地落下來。

許怡琳想，也許那是男孩對母親的執念所化，也許那是方茹玫對孩子渴望的投影。

但看著一大一小牽在一起的手，許怡琳又覺得這些都不重要了。

重要的是，方茹玫終於找到自己的孩子。

「在那之後，他們的身影就漸漸變淡，最後消失不見。小明你不用再擔心她了，她身上已經沒有遺憾的味道。」

「那就好。」岳景明鬆了口氣，只是眼角餘光瞄到一旁的許怡琳，忍不住想，她也會這樣離開嗎？

「怎麼了，幹嘛偷看我，看我美嗎？」許怡琳臭美地說。

岳景明那抹惆悵頓時被吹走了，他哼了聲，不接她的話，直接發動車子去接封連晨。

封連晨跟客戶約在星巴克談理賠的事，岳景明到的時候，女客戶正依依不捨地跟他說再見，還有幾個要進去買咖啡的女生邊走邊回頭偷看。

「真是造孽啊，那張臉。」岳景明感慨道，按了聲喇叭，引得封連晨朝這裡看了一眼。

許怡琳朝他大力揮手，附帶一張明媚的笑臉。封連晨的視線很快就移走了，笑著又與客戶說了幾句後，便邁開長腿往車子走過來。

但是他並沒有直接打開後座車門，而是是站在副駕外面對許怡琳說道：「學姐妳坐後面，我容易暈車，要坐前面。」

「好歹加個『請』吧。」許怡琳噘著嘴。

「請。」封連晨如她所願，還附送一個假笑。

帥哥笑起來就是賞心悅目，許怡琳滿意了，穿透椅背到後面的座位，一個鬼橫霸所有位置。

封連晨一上車，就問起妙心的事，岳景明負責開車，解說的事就交由許怡琳了。

她興致勃勃地重述一遍，末了還感慨道：「大肚山好像很陰耶，我白天就看到不少阿飄了。」

「不是很像，是真的陰，大肚山可是出了名的靈異地點。」岳景明插話。

「咦？真的嗎？」許怡琳大吃一驚，「所以那裡有阿飄很正常？」

「妳不知道？」岳景明透過後視鏡給了她一個詫異的眼神，「妳臺中人耶。」

「臺中人就不能不知道大肚山陰不陰嗎？我還不喜歡東泉呢。」許怡琳哼唧道。

這下子，她獲得的是雙份震驚的眼神。

「明明就源美比較好吃。」許怡琳堅持己見，以一敵二，「東泉太鹹了，我不愛。」

為了避免車上展開一場甜辣醬爭執戰，她趕緊把話題拉回來，「所以大肚山是有多陰？」

封連晨拿出筆電，很快就搜尋出多筆關於大肚山很陰的資料。

大肚山有三多：軍營多、墳墓多、廟宇多，山路蜿蜒容易造成車禍，甚至還有一些重大刑案與大肚山有關，民國九十三年陳金火證人斷頭案，民國九十七年還發生了懷孕女屍案，據說晚上去那邊很容易撞鬼。

許怡琳聽得津津有味，頻頻追問有什麼靈異事件。她比平時還要來得多話，情緒也有些高昂，封連晨雖然板著臉，但還是把網路上的鬼故事唸給她聽。

岳景明知道，這是她緊張時的表現。

如果沒有意外的話，今天他們或許就能從妙心那裡獲得許怡琳自殺的真相。

很快的，巍峨大氣的聖輝禪寺映入了眼裡，紅漆柱子和橙橘色的飛簷極為醒目，岳景明在附近停好車，回頭看了後座的許怡琳一眼。

一反先前的饒舌，這個時候的許怡琳變得安靜無比，她雖然看起來若無其事，但手指卻有些拘謹地捏著衣角。

注意到她的小動作，岳景明放緩聲音交代道：「在車上等我們，別亂跑。」

許怡琳點點頭，視線不自禁地移到鮮紅的匾額上，怔怔地看著「聖輝禪寺」四個字。

岳景明與封連晨進入禪寺後，前者察覺到來這裡的幾次居然都只看到尼姑，沒見著半個和尚。

他小聲地與封連晨講了他的疑惑，兩人在禪寺晃了一圈，真的沒有男性僧侶的身影。

不，禪寺裡還有一位男性，就是住持聖雲法師。

一間只有住持是和尚，其餘人皆是尼姑的禪寺……

「真是奇怪。」岳景明嘀咕。他還發現來寺裡的信徒也是女性比例偏高，他與封連晨在這裡反倒顯得有些格格不入。

但除了這點之外，好像也沒什麼特別。兩人隨即向知客師登記要見妙心，他們在客堂裡邊喝著法師提供的茶水，邊有一搭沒一搭地聊著，等了一會兒後，就看到穿著咖啡色僧服的妙心走進來。

「是你。」妙心一瞧見封連晨與岳景明，立即認出後者就是曾經攔住她質問許怡琳手機的人，封連晨那張臉太搶眼了；反倒是岳景明剃了鬍子後，她多盯幾眼才勉強想起來，表情頓地變得不太好看。

「妳好，妙心師父。」封連晨微微一笑，卻不是平時讓客戶如沐春風的笑，而是透著絲絲涼意。他拿出錄音筆放在桌上開始播放，女子哽咽的懺悔聲音流瀉而出——

「對不起，對不起……我不是故意的，我不想殺了妳的，我真的沒有辦法了，我只能這樣做了……」

「昨天果然是你們！」妙心神色一變，上前就想要搶走錄音筆。

岳景明怎可能讓她這樣做，在她的手伸過來之際，一把拽住她手腕，封連晨停止播放，兩人的視線都落在妙心身上。

「你們想做什麼，威脅我嗎？」妙心沉下臉色。

「我們要與妳做個交易。」岳景明沒有用「想」，而是「要」，他鬆開妙心的手，「妳說出許怡琳為什麼自殺，我們就不公開錄音筆內容。」

「許怡琳是得憂鬱症，所以才……」妙心乾澀地說，在對上岳景明過於尖銳的眼神時，不自覺地想避開。

「師父，妳對不起的，真的只有方如玫嗎？」封連晨搬出了岳景明昨晚說過的話，看見妙心的神情有瞬間的不自然。

岳景明注意到她的動搖，一字一句地說：「方茹玫都能來找妳了，妳以為許怡琳不會嗎？」

這句話顯然擊破了妙心的心防，她的臉色倏地一白，搖搖晃晃地跌坐在椅子上。她的目光在岳景明與封連晨之間來回，手指摸上脖子，似是想起昨晚的驚嚇。

「現在我們可以談了嗎？」岳景明問。

妙心頹然地垮下肩膀，開始說起許怡琳是如何來到聖輝禪寺的。

許怡琳因為不幸的婚姻而患了憂鬱症，為了試著讓自己走出去，她偶然間看到聖輝禪寺在招募志工，便前來幫忙，因此認識了妙心與黃立婷。

她開始熱衷參加法會與共修，對禪寺創辦人聖雲法師很是敬仰信賴。某天聖雲法師邀她進茶藝教室喝茶……

說到這裡時，妙心停頓了下來，似在斟酌詞句，岳景明卻冷不防地想起志工曾經說過的話。

「不過年輕女生大概對喝茶沒興趣，喜歡更時髦點的飲料，所以都不大願意進去坐。」

事情的轉折點顯然就是在這間茶藝教室裡。

為什麼年輕女性不大願意進去？真的只是因為不喜歡喝茶嗎？

岳景明死死盯住妙心的臉。她躊躇一會兒後，終於說出許怡琳在茶藝教室裡與聖雲法師雙修並被拍照錄影的事。

「雙修」兩字吐出時，客堂裡是死一般的寂靜，饒是岳景明跟封連晨都想不到真相竟是如此。

岳景明呼吸驟然變得短促，控制不住的憤怒像瘋長的荊棘爬在在他的四肢百骸裡，他一雙眼睛像淬了火，睚眥欲裂。

許怡琳淚流滿面的臉閃過腦海。

他狠狠地拍桌站起，起身的動作太急了，椅子掀翻在地，發出響亮的一聲，他渾然不顧，一把揪住妙心的衣領。

「王八蛋！你們怎麼敢、怎麼敢做出這種事！」

他低咆，把妙心的衣領越勒越緊，那眼神像是要殺人。

「那是雙修沒錯，是為了給她更深的加持，錄影也是為了存下她獲得開悟的證據。」妙心辯解道。

「學長住手。」封連晨聽到外頭有腳步聲接近，強制拉開岳景明，面對岳景明惡狠狠的眼神，他的聲音低沉了幾階，「聽我的，住手。」

岳景明終於放開妙心，垂在身側的手用力攥成拳頭，他咬緊牙關，額頭青筋浮現。

「冷靜。」封連晨低聲安撫，側耳傾聽一下外頭動靜，「不要讓人懷疑。」

岳景明閉了下眼睛又飛快睜開，做了幾個深呼吸，強迫自己鬆開眉頭，不再是一副猙獰凶悍的表情，他扶起椅子坐回去。

「師父，拜託妳了。」封連晨指指錄音筆，語氣溫和，威脅的意思卻不言而喻。

與此同時，客堂的門被打開，被先前劇響引來的知客師走了進來，妙心立即端起溫和笑臉走過去，輕聲細語地與對方說了一會兒話，表明這裡沒有什麼大礙。

知客師對妙心的話很是信服，看了眼神情自若的岳景明與封連晨，雙手合十地朝他們行個禮又退出去。

岳景明眼角餘光掃到自己喝了一半的茶，茶藝教室、雙修，這兩個詞用力砸在他的胃上，一股酸意猝不及防沖上來，他受不了地彎身乾嘔，但什麼也吐不出來。

「學長！」封連晨臉色一變，忙去看他狀況。

岳景明抹抹嘴角，想起一而再、再而三做的惡夢，很苦的茶、掙脫不出的沼澤、纏住身體的觸手……

他現在知道那是在暗示什麼了，他手指抽搐了下，雞皮疙瘩不受控制地浮出來，發麻的顫慄竄過後頸。

他彷彿又落進那片黏糊糊，濕答答的沼澤裡，鼻子跟嘴巴都塞滿了爛泥，他要喘不過氣了。

發現岳景明的呼吸越來越快、越來越尖促，封連晨忙不迭按住他肩膀。

「學長看著我，現在吸一大口氣，憋到極限後再慢慢吐出。」

岳景明依他的話照做，一連重複數次後，那股暈眩的不適終於退去，過快的吸氣頻率也漸漸地緩和下來。

「還好嗎？」封連晨關切問道。

岳景明維持規律的一呼一吸節奏，對他擺擺手，表示自己沒事了，目光投向妙心。

封連晨知曉他的意思，接續先前的話題往下問。

妙心緊張地瞄了瞄門外，囁囁嚅嚅地說出她聽說了許怡琳自殺的事之後，由於平時是她聯絡許怡琳過來禪寺，怕手機裡的通話記錄會引起注意，才會要黃立婷去偷手機。

只是她沒有想到，正因為她心中有鬼，鬼才會來找她，十三年前的方茹玫，與現在的許怡琳。

「是妳錄影的嗎？」封連晨單刀直入地問。

「是我。」妙心有些不自在地說。

「妳還做了什麼？」岳景明啞著聲音問，他的語氣雖然冷靜了些，但眼神還是透著熾烈的怒意。

「我負責……挑選人。」妙心垂下眼，吸了一口氣慢慢說道：「決定好人選後，我就會把人帶到茶藝教室。」

「妳明明知道聖雲法師做出這種禽獸不如的事，妳居然還當他的幫凶！」岳景明咬牙切齒地問，「妳身為女性，卻幫著他迫害其他女人！」

「我沒有，我是在幫助她們，法師與她們雙修後，可以淨化她們的心靈，讓她們……消除罪業、脫離苦海。」妙心下意識反駁，她不知道自己的語氣到後來帶上一絲動搖，再不復先前的堅定。

「我聽妳放屁！」岳景明厲聲斥道，「那才不是雙修，那是性侵！妳明明知道許怡琳把信仰當成了心靈支柱，她是那麼相信、尊敬那個法師，你們卻利用這一點挑她下手。」

「不是這樣的……」妙心拚命解釋道：「我說過那是為了幫助她。法師說她的煩惱太多、罪業太重，必須靠特殊的方式才能消除。當初法師也是這樣對我做的。雙修過後，他就能祛除我的罪業，後來我真的睡得安穩多了，也沒有再做惡夢。」

岳景明瞳孔一縮，不敢置信地看著妙心。

聖雲也對她做了這種事？她明明是受害者，卻渾然不覺，甚至還相信那真的是為她好……

他深呼吸一口氣，壓下翻湧的情緒，只覺得眼前的女人雖然可惡卻又可憐。

「法師說，這是為了我好，為了那些信徒好。」妙心反覆強調，如同要說服他們，或是自己。

「妳如果覺得這真的是為了許怡琳好，就不會在知道她自殺後就想刪掉通話記錄。」封連晨一針見血地說。

妙心嘴唇張張合合，卻是難以再如先前那般出言反駁。

「妳其實已經察覺到雙修有問題，妳只是不願承認，因為承認了，就等於妳又要否定自己一次。妳已經被妳公婆跟前夫否定了一次，妳不想再被否定第二次。」

妙心垮下肩，頹然地坐在椅子上，「法師、法師他庇護了我，讓我有一個棲身之所，他一直告訴我，我不能生孩子也沒關係，我可以當他的助手，幫助更多有困難的女人。」

她低下頭，「我一直是這麼相信的，直到……」

「直到許怡琳自殺後，妳才意識到不對勁。」岳景明替她說了。

「你說的沒錯……」妙心苦澀說道。

「但妳也沒有想過報警。」封連晨冷眼看她，對於她說的話並不全部盡信。當初他們找上妙心詢問手機的事情時，她巴不得撇得一乾二淨。

「因為我很怕。」妙心坦承，「怕被發現怡琳師姐的死跟我有關，怕禪寺的名聲毀掉。」

所以她才拜託黃立婷偷出手機刪掉通聯記錄，以為這樣做就可以假裝一切與自己無關。

「禪寺的名聲跟受害者的人生，哪個比較重要？妳還要對不起更多的人嗎？」岳景明咬牙切齒地問道。

妙心低頭不語。

岳景明神情陰沉地拿出手機。

「學長，你要打給誰？」封連晨問。

「我要報警。」岳景明按下 110 三個數字，卻被封連晨制止了。

「冷靜點，學長，我們現在還沒有證據可以證明學姐是被……」他腦海裡浮現許怡琳明媚的笑臉，難以將那兩字說出口。

「她不就是證人嗎？」岳景明指向妙心，對她說道：「方茹玟的事我不管，但許怡琳的事我要管到底。」

妙心神情複雜，沉默了好一會兒才開口，「他說的沒錯，沒有證據。我不知道法師把記憶卡放在哪裡。」

「妳會不知道？」岳景明質疑。

「我沒有騙你們。」妙心苦笑道。

「師父，我們需要妳的幫忙。」封連晨放軟態度，「我查過這間禪寺的資料，不只有市府發放的優良團體證書，總統還曾經來這裡掛單。如果直接報警，在沒有證據的情況下，警方不一定會相信我們，可能還會打草驚蛇，給了聖雲法師時間湮滅證據。」

「你們想要我做什麼？」妙心終於抬起頭。

「妳說進入茶藝教室的人由妳決定，那就選我吧。」岳景明說。

妙心詫異地瞠大眼。

離開聖輝禪寺後，封連晨並沒有與岳景明一起走向車子那裡，而是中途就分開了。

「我去搭公車。」

岳景明點點頭，知曉他是特意留一個空間讓自己可以告訴許怡琳那些事。

真相太過不堪，比他在夢中喝下的茶還要苦，他都難以接受了，何況是當事者？

懷揣著澀然的心情，岳景明不自禁放慢腳步，但是不管他走得再慢，路不遠，車子終究是映入眼裡。

與此同時，還有坐在引擎蓋上的許怡琳也一併出現在視野中。

「小明。」許怡琳一看到他就立刻跳起來，飄在半空中，環視一圈沒有發現封連晨，不由得「欸」了一聲，「學弟呢，怎麼沒看到他？」

「那小子要去見客戶，就不坐我的車了。」岳景明隨意編一個理由，「上車吧，學姐。」

「好喔。」許怡琳朗聲應道。

岳景明注意到她臉上雖帶笑，但手指緊張侷促地絞在一起，心裡更難受了。

他坐上駕駛座發動車子，回頭確認許怡琳也鑽進車裡，舔舔發乾的嘴唇，躊躇著該如何開口。

「小明，你就說吧。」許怡琳笑咪咪道，「我可以的，你放一百個心吧。」她拍拍胸脯掛保證。

岳景明一邊開車一邊艱澀地說出他所獲得的消息，車子裡只有他有些沙啞的聲音緩緩迴盪。

後座很安靜，岳景明無法透過後視鏡看到許怡琳，他趁著紅燈時趕緊轉頭，卻只看到一片空蕩。

許怡琳消失了。

「學姐？學姐！」岳景明焦急喊道，甚至還伸手敲了敲車頂，沒有半點回應。

叭！後方的喇叭響起，催促他快點前進，岳景明乾脆踩下油門折返回去，從聖輝禪寺沿途開始找起。在哪裡，在哪裡？儘管他開得很慢，冀望可以在路上瞧見許怡琳的身影，但一無所獲。

他回了自己家，去了早餐店，依然沒有找到許怡琳。他甚至打算開車去東海殯儀館碰碰運氣，不過在這之前，他忽地想起還有一個地方未找過。

許怡琳的公寓。

他開到市區，將車子停妥後，匆匆跟管理員打過招呼，見電梯因為有住戶在裝修而遲遲不下來，乾脆跑上樓梯。

一口氣直奔七樓，岳景明呼哧呼哧地喘著大氣，拿出鑰匙打開門，客廳裡放著一個個紙箱，過幾日許家父母就會來載回去了。他迅速打量屋內一圈，空的。

他大步前往主臥室，在那裡看到抱膝縮成一團的許怡琳。

「總算找到妳了。」岳景明扒了扒汗濕的頭髮，鬆了一口氣。

許怡琳沒有抬頭，只有肩膀微微聳動。岳景明三步並作兩步上前，擔心地在她前面蹲下。

「學姐。」他放輕聲音，彷彿怕驚動了她。

「我想起來了……」許怡琳的頭埋在雙膝間，只露出一雙盛滿慘淡的眼睛，「我全部……想起來了。」

許怡琳似咬著嘴唇，只有斷續的抽噎聲溢出來，她哭得很小聲，一點也不復平時大剌剌的樣子。

岳景明想拍她的肩，但手指只能碰到一片虛無，他懊惱又不知所措，乾脆一屁股坐下來陪著許怡琳。

在細弱的哭聲中，許怡琳斷斷續續地說著話。

她被婚姻蹉磨心志，變得懦弱起來，又拉不下臉向親友求助，所以才從宗教上尋求心靈寄託。她學佛、當志工，聽聖雲法師說法，漸漸感到心裡的鬱結在散去，整個人都輕鬆不少。她甚至想著出本，參加活動，可以重新做好多好多的事。可是當她某一天被叫進茶藝教室的時候，卻被信任的聖雲法師侵犯，她好不容易找回的自信全部坍塌了，憂鬱症變得更加嚴重。她不敢出門，不敢說出發生在身上的事，最後選擇了自殺。

「我真傻……」許怡琳終於抬起頭，咧著嘴，笑得比哭還難看，「我為什麼這麼傻呢？」

「妳不傻，妳只是太痛苦了，受不了了。」岳景明眼角泛紅，雙手虛虛地環著她，「我們會幫妳的，我跟連晨一定會替妳討回公道。」

「不只我，還有那些被聖雲法師侵犯過的女人，不能再讓他傷害更多的人了。」許怡琳啞聲說道，她伸出手，小指豎起，「答應我。」

「我答應妳。」岳景明也伸出手指，許下承諾。

岳景明搜尋過聖輝禪寺的官網資料，有很多相簿紀錄聖雲法師所做的公益慈善事業，以及有機茶葉推廣；甚至連某位候選人競選總統的時候，都曾經到該寺掛單，信眾們大都給予聖雲法師良好評價。如果沒有證據，只靠片面之詞說他侵犯女信徒難以讓人信服，甚至可能會打草驚蛇。

據妙心所言，聖雲法師要她幫忙尋找頗有姿色、需佛祖開導、弱勢無依的女子，因此剛離婚、患有憂鬱症、意圖尋求心靈寄託而到寺裡當志工的許怡琳便這麼被選上了。

而現在，岳景明決定以自己為餌。他讓封連晨替自己化妝、穿上女裝，偽裝成信徒，一連好幾天都去禪寺裡當志工。

幸而最近天氣逐漸轉涼，岳景明可以用高領衣服或絲巾來遮掩喉結，再加上封連晨替他化了個精緻的妝，其他信徒看到他時，最多也就是覺得這名漂亮女性長得稍微高一些，沒有對他的性別起疑。

聖雲法師相貌慈祥，態度親切和藹，說起話時也是溫溫和和，給人一種如沐春風的感覺，讓人難以將性侵犯三字與他劃上等號。

每每看到他，岳景明都必須壓抑心裡怒火，不動聲色地擺出一副虔誠恭敬姿態，為的就是讓聖雲法師可以留意到他。

雖然妙心答應過會選擇他進入茶藝教室，但如果在此之前能先引起聖雲法師的注意力，於他來說更方便行事。

就在今天，他在妙心的指示下進入茶藝教室打掃，一邊端詳教室裡的環境，一邊假意擦著桌子。

過了不久，妙心端著一套茶具進來，要他先坐下來休息一會兒，同時眼神暗示性地往門外一瞟。

岳景明會意坐下，趁機撥通封連晨的號碼，讓手機維持在通話狀態，隨即就見穿著袈裟的聖雲法師走進來。

聖雲法師笑著稱讚他對寺裡的用心與奉獻，妙心狀似不經意地提起岳景明的遭遇，將他說成是一名遭受許多挫折、生活悲慘、在宗教上尋得心靈支柱的失婚女子——這套說詞自然是之前他們就編好的。

聖雲法師聽了不由得連聲安撫，並輕拍他的頭。

「太好了，師父給你加持。」妙心配合地說。

岳景明回以一個感激的笑容，雙手合十地向聖雲法師低頭致意，藉以掩去眼裡的冷意。

「師父，今天泡鶴岡紅茶好嗎？」妙心問道，又對岳景明說，「這款茶葉是師父栽種的有機茶，名為一炮紅，紅遍兩岸，師父還被譽為茶禪大師呢。」

「過譽了，過譽了。」聖雲法師謙虛地搖搖手，「今天的茶一樣拜託妳了，東西放在老地方。」

妙心從櫃子裡裡拿出茶葉，再回到茶具前，熟練地將茶具燙過一次後，開始泡茶。這套動作她不知做過多少次，行雲流水，她替聖雲法師與岳景明各斟了杯茶後，聖雲法師就溫聲對她道：「妙心妳先出去吧，我跟岳小姐好好開導，記得關好門。」

不知是不是岳景明的錯覺，「關好門」三個字隱隱被強調出來。

「好的，師父，我這就出去。」妙心含笑說道，離開前狀似無意地看了櫃子一眼。

岳景明不著痕跡地輕點一下頭，接著全神貫注地要來應對聖雲法師了。

聖雲法師在他對面坐下來，又一次把手放在岳景明頭頂，岳景明雞皮疙瘩都要浮出來了，但還是按捺住那股厭惡。

聖雲法師在他頭上輕拍兩下，才放下手，對著他和顏悅色道：「我剛剛再替妳加持一下，可以讓妳近日的運勢好一些，但這只是治標不治本。妳知道妳為什麼會遭遇到那麼多不順嗎？」

「我、我不知道。」岳景明縮著肩膀，絞著手指，盡力讓自己看起來更加弱小無依，「請師父開示。」

「妳身上背著太多的業障了，那是妳生生世世在三界六道中、已超生或未超生的一切六親眷屬過去惡行所造成的障礙，他們是妳的冤親債主，若不超渡，妳的運只會每況愈下，甚至會讓妳身體不適，大病小病不斷。」

「那該怎麼辦？」岳景明故作驚恐，捏著嗓子說話。

「別怕，妳跟我有緣，我會幫助妳的。」聖雲法師慈藹地說道，「妳只要聽我的話，照我的指示去做就好。」

「好的，師父，我都聽您的。」岳景明一臉徬徨無措。

聖雲法師笑得越發慈祥了，「妳先閉上眼睛，屏除雜念，與自己的心靈對話。」

岳景明依言閉上眼睛，繃緊神經，所有的感官都戒備著周遭動靜，捕捉聖雲法師的一舉一動。

「有沒有感受到有一股氣在體內流轉，心境漸漸變得平和？」

「好像有。」岳景明假意說道。

「妳要敞開心胸，只有這樣做，妳才能擺脫俗念，看見最真實的自我，並與之對話。」

岳景明不想與心靈對話，他只想將前方披著人皮的禽獸扭進警察局。他慢慢吸氣吐氣，讓自己冷靜下來。

接著，聖雲法師又問道：「妳最愛的人是誰？」

「我、我最愛我的兒子。」岳景明卡殼了一下，隨即記起自己的人設，忙不迭給出答案。

「妳兒子是怎樣的人？」聖雲法師與他聊著家常。

岳景明去哪變出一個兒子來想像，他還單身呢，他乾脆把封連晨抓出來胡謅一番，說兒子多優秀多帥，被不少小女生喜歡。

「那現在，妳把我想像成妳的兒子。」聖雲法師循循善誘。

「什麼？」岳景明聽見衣料摩挲聲，眼睛睜開一條縫，看見聖雲法師已經坐到他旁邊來，與他靠得極近，他下意識往後仰，想與之拉開距離。

聖雲法師臉上依舊掛著笑，臉湊向岳景明，手也往他伸過去，竟是猝不及防抱住他。

饒是有心理準備，岳景明還是被這突然的擁抱嚇了一跳，但他很快就意識到這是最好的機會，假意掙扎起來。

「師父你做什麼，為什麼要抱住我？放開我。」

「別怕，這是為了幫助妳，妳要放下執著，把我當成妳的兒子。」聖雲法師往他胸部摸去，「妳業障太重了，需要靠共修的方式才能消除。」

岳景明左擋右躲，就是不讓聖雲法師碰到胸部，以免露餡——假胸跟真胸的手感還是差太多了。

誰想到聖雲法師竟是往他下體摸去，嘴唇還要貼上他的臉。

岳景明這下可不想忍了，他一用力，猛地將對方推倒在地。

就在這時候，尖銳的警笛聲自寺外響起，隨即是一串匆匆的腳步聲奔過來。下一秒，原本緊閉的門被大力拉開來，門外站著神色焦灼的妙心。

「師父，有警察過來了，他們說有人報案，要過來調查宗教詐騙的事！」她刻意瞟了坐在地上、神情憤憤、捂著胸口的岳景明一眼，又急急忙忙地對聖雲法師說道：「師父，您那些東西放在哪裡，我先替您整理好，以免被警方誤會。」

「好，交給妳處理了。」聖雲法師忙不迭要她進來，拉著她快步走向牆邊。

岳景明定睛一看，才發現那裡竟有一座電梯，只是用木質貼皮偽裝成牆面，不仔細看根本不會察覺。

聖雲法師在她耳邊小聲交代道，「東西都在我床下的暗格。」

妙心點點頭，搭電梯離開。聖雲法師又看向岳景明，一把捉住他的手，又擺出那副和藹模樣，誠摯地說：「岳小姐，今天的事不要跟別人說，這是我們兩人的秘密。如果妳說了的話，我加持在妳身上的保護會失效，那些冤親債主會變本加厲地傷害妳。」

「師父這是在威脅我嗎？」岳景明假裝慌亂地抽出手，踉蹌向後退，要跟聖雲法師拉開距離。直到背部抵上櫃子，他手往妙心之前暗示過的位置一摸，拿出一臺手提式攝影機，發出更加驚慌的聲音，「師父你、你居然偷拍！」

話到這裡，他直接關掉錄影機，挺直身體，一掃方才的柔弱形象，也不再捏著嗓子了，「證據我就收下了。」

「妳……你是男的！」聖雲法師震驚地看著他，一個愣神後，就要站起來撲過去搶回錄影機。

岳景明迅速退到門口，於此同時，門外傳來封連晨與其他人的聲音。

「警察先生，這裡，我朋友就是被帶進這裡！」

岳景明抬眼，對上封連晨的視線。

警方湧進茶藝教室裡，偽裝成牆面的電梯門恰好打開，妙心提著一袋東西走出來，聖雲法師不斷朝她揮手，但妙心卻搖搖頭。

「師父，我們不能再錯下去了。」

她深吸一口氣，走向帶頭的警察小隊長，將手裡的東西交出去。

「警察先生，我要舉發聖雲法師以共修之名侵犯女信徒，這些都是證據。」

聖雲法師不敢置信地看著她，整個人像被抽了骨頭般癱軟在地。

尾聲

今日的美又美早餐店是一如往常的忙錄，而且因為是假日，客人更是翻倍，岳景明與兩個工讀生恨不得生出三頭六臂來應付。

好不容易忙到十二點半，外帶的人潮消停，內用的最後一桌客人終於也走了，岳景明鬆了口氣，趕緊把鐵捲門拉下三分之一，表示已打烊，又對小花跟藍藍說道：「妳們不是一點跟同學有約？剩下的我來收就好。」

「不會很遠啦，我們四十五分再走都沒問題。」小花笑咪咪地將空了的茶桶抱到洗水槽裡清洗。

「沒錯，騎車只要十分鐘。」藍藍也捲起袖子，開始清理起煎臺。

兩人效率很好，短短的十五分鐘內已經替岳景明收拾了不少東西，要不是岳景明替她們注意著時間，她們還想再繼續打掃下去。

「快去快去。」岳景明催著她們離開，「別讓同學等妳們。」

「我們走啦，明明再見。」小花跟藍藍拎起包包，開開心心地與岳景明告別，對他那一句「叫老闆」充耳不聞。就在踏出大門的那一瞬間，她們忽地齊齊頓住步伐。

岳景明眉毛一挑，往門口看出去，果然，封連晨上門來蹭午餐了。那張帥臉在對著兩個小女生時，露出了一抹優雅微笑。

「封、封大哥好。」一向爽朗的小花害羞地與他打招呼。

「封大哥來找明……咳，找老闆的嗎？」藍藍的聲音聽起來也羞答答的。

岳景明可不希望這兩人因為封連晨而遲到，乾脆走過去將人拽進來，又一次催促道，「五十分了，還不快走。」

「封大哥掰掰。」小花跟藍藍雙頰泛紅地揮手道別，一步三回頭。

一進店裡後，封連晨的笑容立即就褪去了。岳景明早已習慣他變臉如翻書一樣，對外是營業用笑臉，對他就是耍任性。他把一條抹布塞進封連晨手裡，不客氣地說：「要吃午餐的話，幫忙擦個桌子。」

封連晨看了店裡一眼，「學姐呢，走了嗎？」

「找我嗎？」許怡琳從外面飄進來，看到封連晨就眼睛一亮地揮揮手，「學弟今天還是一樣帥呢。」

封連晨輕咂一下舌，暗暗嘀咕一句「還在啊」，對岳景明說道：「我要咖啡，要有拉花的，拉花弄漂亮一點。」

「你當這裡是咖啡店喔。」岳景明翻了一個白眼。

「小明，小明，我也想要咖啡。」許怡琳舉手。

「妳要怎麼喝？」岳景明納悶問道。

「嗯……插個香在旁邊，再燒個紙錢，我應該就能喝了。」許怡琳摸摸下巴，「銀紙我要大銀跟蓮花銀，香我喜歡檀香味的。」

「要求真多。」岳景明嘴裡這樣說，但還是脫下圍裙，拿起錢包往外走。附近就有一家金紙店，平時岳景明初二、十六拜拜都會去那裡買。

他很快就買好所需的東西，回到店裡時，發現封連晨正在調整廣播頻道。現在正在報導聖輝禪寺的相關新聞。

警方從妙心手上，以及聖雲法師房間裡找到性侵女信徒的證物，這些女子被帶到茶藝教室，由聖雲法師以「神佛之尊」、「佛祖轉世」開導她們，然後進行猥褻，以言語讓她們一步步鬆懈，進而性侵得逞。許多被害人因景仰聖雲法師，在刻意營造的氛圍下被侵犯而不自知。

妙心雖為共犯，但因主動提供證據，已轉為汙點證人。妙心亦向警方自首十三年前犯下的殺人案，警方已挖出方茹玫母子的屍骨。

店內迴盪著記者抑揚頓挫的聲音，岳景明轉頭看向一旁的許怡琳，發現她眼裡似有晶瑩水光，但她嘴角是翹起的，看起來就跟以前一樣明媚。

「太好了，小明，謝謝你。」許怡琳眉眼彎彎，用力抱住岳景明，刺骨的寒意讓岳景明打了個哆嗦，但完全沒有反抗。

接著許怡琳又抱了封連晨一下，「也謝謝你了，學弟。」

封連晨是第一次被鬼魂擁抱，人家的手臂還穿進他身體裡，眼睛不禁睜得老大，一張撲克臉都要繃不住了，那表情看得岳景明忍不住發笑。

「我要走了，你們不要太想我喔。」許怡琳笑嘻嘻地說，在他們的注視下，她的身影越來越淡，最後像是散逸於空氣裡，徹底消失了。

岳景明盯著空無一鬼的前方，既為她感到高興，又有一股惆悵滋生在心裡。

「咖啡都還沒喝到呢。」他嘀咕，將買來的一袋東西放進櫃子裡，有些懶洋洋的，提不起勁。

「我的咖啡。」封連晨提醒他。

「沒忘。」岳景明睨他一眼，正準備替他泡咖啡之際，一道半透的身影就這麼平空出現。

赫然是許怡琳。

「小明、小明，我忘了跟你說，除了銀紙之外，BL漫畫也記得多燒幾本給我，我要……」

她開始報出一連串作者名字。

岳景明聽得好氣又好笑，傷感之情頓時被沖淡不少，「快上路吧，學姐，妳要的那些我都會準備好的。」

「不愧是我的好學弟。」許怡琳滿意極了，朝他跟封連晨揮揮手，「掰掰啦！」

謎團小說 Mystery 11

美又美追凶記

作　　者：釉子酒
特約編輯：林恕全
總 編 輯：陳思宇
主　　編：杜昀玶
版權總監：李潔
行銷企劃：林冠廷、黃婉華
出版發行：凌宇有限公司
地　　址：103 台北市大同區民生西路 300 號 8 樓
電　　話：02-2556-6226
email　：linkspublishing2021@gmail.com

美術設計：蔡和翰 (c.h.etc)
排　　版：A Hau Liao
印　　刷：造極彩色印刷製版股份有限公司

總 經 銷：前衛出版社＆草根出版有限公司
地　　址：10468 台北市中山區農安街 153 號 4 樓之 3
電　　話：02-2586-5708
傳　　真：02-2586-3758
http://www.avanguard.com.tw

門　　市：謎團製造所
地　　址：103 台北市大同區民生西路 300 號 8 樓
營業時間：每日 11:00-19:00（週日、一店休）
傳　　真：02-2558-8826

出版日期：2024 年 12 月
定　　價：新臺幣 360 元

國家圖書館出版品預行編目資料

美又美追兇記 / 釉子酒作 . -- 初版 . -- 臺北市 : 凌宇有限公司 , 2024.12
面 ; 公分
ISBN 978-626-7315-15-6(平裝)

863.57　　113012740